迷茫从来不是人生的底色。
它只是你头顶的一片乌云，乌云会聚拢，也会消散，只消走过去，你就能看到晴空万里。

勇敢去爱，

哪怕明天

就要分开。

每个人的起点、

步伐都不一样，

千万不要因为

别人的脚步

而打乱了自己

的节奏。

我珍视作为一个生命体的自己

与另一个生命体的相遇，

也许它微小到只是一只鸟，一株草，

甚至河边缓缓爬行的一只蚂蚁。

这相遇，润泽了我的生命，

让我面对这个坚硬的世界时，

学会柔软地活着。

如果说

人生是一场比赛，

那么，

在这条路上，

我们都是

和自己

赛跑的人。

将太多的时间耗在了看别人怎么走路，

而忘记了自己脚下的路。

你以为自己原地踏步，

其实正将过去的你远远地甩在了身后。

shi ni ziji bu nvli

是你自己
不努力

说什么
怀才不遇

谷润良 / 著

shuo shenme huaicai buyu

青岛出版社
QINGDAO PUBLISHING HOUSE

图书在版编目（ＣＩＰ）数据

是你自己不努力，说什么怀才不遇／谷润良著. —
青岛：青岛出版社，2016.9
ISBN 978-7-5552-4364-9

Ⅰ. ①是… Ⅱ. ①谷… Ⅲ. ①散文集－中国－当代
Ⅳ. ①I267

中国版本图书馆CIP数据核字（2016）第166918号

书　　名	是你自己不努力，说什么怀才不遇
著　　者	谷润良
出版发行	青岛出版社
社　　址	青岛市海尔路182号（266061）
本社网址	http://www.qdpub.com
邮购电话	010-85787680-8015　13335059110
	0532-85814750（传真）　0532-68068026
责任编辑	杨　琴
选题策划	杨　琴　颜小欣
封面设计	李红艳
版式设计	刘丽霞
印　　刷	三河市南阳印刷有限公司
出版日期	2016年9月第1版　2016年9月第1次印刷
开　　本	32开（880mm×1230mm）
印　　张	8
字　　数	150千
书　　号	ISBN 978-7-5552-4364-9
定　　价	36.00元

编校质量、盗版监督服务电话　4006532017　0532-68068670
青岛版图书售后如发现质量问题，请寄回青岛出版社出版印务部调换。
电话：010-85787680-8015　0532-68068629

【目录】

第一章
迷茫是人生的常态

第二章
努力，才能和更好的自己相遇

第三章

人海茫茫，活出自己的模样

第四章

去爱，哪怕明天就要分开

第五章
命运从不亏欠认真生活的人

后 记：
做你想做的事，成为你想成为的人

谁的人生

不迷茫

？

迷茫是

人生的常态

。

shi

ni ziji

bu nvli

第一章

迷茫是
人生的常态

shuo shenme

huaicai buyu

迷茫是
人生的常态

01

　　前些天参加一场新书分享会。读者提问环节，有位女生站起来问作者——我最近对任何事情都丧失了兴趣，生活的方方面面，感觉都热爱不起来，人生空虚又迷茫，应该怎么办？

　　作者笑了，扶了扶眼镜，说，你来参加我的新书分享会，不就是一种兴趣吗？不就说明你对生活还保有热爱吗？年轻人总喜欢说迷茫，以为迷茫是人生路上的绊脚石，不铲除就无法往下走，却不知，谁都有迷茫的时候，就像我，四十岁了，依然有许多问题想不开。和孤独一样，迷茫也是人生的常态，不要对抗迷茫，要学会适应迷茫，和迷茫相处。

听完这段话，夹在拥挤人群中的我，突然感到一种无来由的轻松，甚至还有淡淡的愉悦。原来，在这世上，你我都一样，一边迷茫，一边成长。

02

念大学的时候，认识一位副教授。

大四那年，面临考研和找工作的两难选择，如同大多数学生一样，我迷茫、无助，除了浪费余下的光阴，似乎再也找不到别的出路了。一次去食堂的路上，我遇见了微笑走来的他。他和我面对面坐在餐桌旁，话起了当年。

他说，研三那年，面临考博和找工作，自己同样有过一段迷茫的时期。当时，他参加了一家杂志社的招聘考试，笔试、面试都很顺利，但薪水微薄，在上海那样的大城市，养活自己都成问题。在兴趣和生计之间，他不得已选择了生计，考了博。博士毕业，他顺利留在高校任教。通过自己的努力，又从讲师升到了副教授。

他说，那种迷茫的感觉，这些年来，始终未曾消逝。很多次午夜醒来，他都会问自己，如果当初进了杂志社会怎样？生活是不是就会变成另一副样子？无须再写一篇篇令人头疼的论文，无须再绞尽脑汁地备课，只需审阅作者投递的稿件，余下的时间，都可以用来阅读和写作？是不是自己的路一开始就选错了？

问多了，自己渐渐明白，生活从来就没有标准答案。每一种光鲜的生活背后，都有阴霾；每一个世事洞明的人，也会有迷茫相伴。剔除了迷茫的人生，是违背自然规律的。他一面说着，一面忍不住呵呵笑起来。

多年后，我依然会想起那个夜晚，想起他语声轻柔，想起食堂昏黄的灯光，以及外面沉沉的夜路。每一次想起，都会觉得生活的沉重被稀释了，就连周遭的空气，似乎都轻盈起来。

03

小海是我的一位读者，两个月前，他发来私信说，烦透了目前的工作，日复一日地机械重复，朝九晚五，下了班不是追剧就是玩游戏，这样的日子，似乎一下子就看到了尽头。他说他想辞掉工作，去大理住上一段日子，把从前的自己找回来。

像小海这样的人，大概不算少数。身居都市，长期处于快节奏、高效率的生活状态下，极容易产生迷茫的感觉。活着活着就不知道为什么而活，脑海中，下意识地展开一场金钱与自我的博弈，在物质生活和精神生活之间举步维艰，陷入两难的境地。

这样的迷茫，是生活的常态。其实，每个人都在寻找生活的平衡点，尤其是年轻人。我告诉小海，去大理可以，辞掉工作却大可不必，不如请个年假，出去放松一下。去过了远方，也许才发现最美的就在身旁。

小海采纳了我的建议，独自一人踏上了去往大理的旅程。那段时间，我在私信里经常收到小海发来的照片。古城街头，听流浪歌手的歌声听得入了迷，夕阳下的小海，温柔地眯起了眼睛；蝴蝶泉边，小海头戴美丽的花环，张开双臂，咧开嘴巴，肆无忌惮地笑；洱海岸边，小海静静地望着平静的湖面，身旁一只黄色的猫咪打着瞌睡，那一刻，整个世界似乎都安静了。

假期结束，小海回到了原来的城市，重新投入之前的工作。他平静地告诉我，其实，去了大理，一样会有迷茫，尤其是在万籁俱寂的午夜，一个人身处异乡，会有一种"人生忽如寄"的感觉。清醒有时，迷茫有时，或许这就是人生吧。

04

谁的人生不迷茫？迷茫是人生的常态。

很多时候，你之所以陷入迷茫的情绪里无法自拔，或许是因为，你把迷茫看得太重了，你夸大了迷茫的分量。

在我们长长的一生里，迷茫实在是无足轻重的一部分。每个人多多少少都会遇到自己的迷茫期，每个人都有找不到路的时候。此时此刻，别怕，停下来，闭眼小憩，然后继续往前走，你的视线或许会更清晰。

请相信，迷茫从来不是人生的底色。它只是你头顶的一片乌云，乌云会聚拢，也会消散，只消走过去，你就能看到晴空万里。

听说你很忙?
忙就对了

我有一同事,结婚三年多,孩子一岁了,抽空就喜欢向我抱怨:"哎呀,真羡慕像你这样单身的人啊,时间大把大把的,想玩就玩。你不知道,一旦进入婚姻,生了孩子,忙得跟狗一样,连好好放一个屁的空都没有。"顿了顿,他正色道,"说实话,那么早结婚,真有点儿后悔了。"

我微微一笑,不置可否,其实心里想的是,我也很忙。

是的,我也很忙。一辈子那么短,谁有时间去玩?单身可不是闲着玩的理由。

我有太多的事情要做。周一到周五天天上班,下了班就要写稿,上下班还要在拥挤的地铁上看会儿书。周末呢,周末更忙,堆了一周的衣服要洗吧?房间要清理吧?就连中午做顿饭都要看各种APP研究着怎么美味怎么做。至于看电影，是的，我是有那么些时间看电影的，但看电影我也忙呀，忙着聚精会神，忙着投入进去感悟电影的真谛。一来实现"看电影"的目的，二来写写影评。即便我有空去景点转转，去大街小巷走一走，你信吗？我也是抱着要拍照的心理去的。世界那么美，你只来一趟，不拍几张照储存下来，岂不是可惜？退一步讲，就算周末哪里也不去，吃饱喝足，发呆的时候我也在忙。忙什么呢？忙着思考下一周该写什么文章，从什么角度写，以及选什么题目。

你或许会问我，整天那么忙，把自己搞得那么辛苦，有必要吗？不累吗？

我想告诉你的是，我快三十了，哪有时间喊累？

你不知道，我有一个老乡，从小到大都是忙过来的。跟他一比，我根本不算什么。

念书的那几年他忙着学习，吃喝拉撒的时间都用来琢磨数学题目，半夜发癔症都念英文，结果怎么样？他高考考上了复旦。复旦毕业后，进入一家国内知名的财经类报社做采编。采编忙不忙？忙得连正经吃饭正经睡觉的时间都没有。一看有新闻了，路边摊随手买个馅饼吃着就走；半夜你睡得正酣，他还在单位忙着改稿件。没过几年，人家就精通了这一行，成为个中翘楚。去年有一天闲来无事，我正看新闻，你猜怎么着？央视的主持人都连线采访他。现在呢？他不仅做自媒体做得风生水起，而且还开了自己的公司。成为老板后，他更忙了，经常是我这边给他打着电话，刚说三五句，就能明显地感觉到有人在他背后催着，不得不挂。

头些年爱看娱乐节目，尤其是采访类的，譬如某颁奖晚会结束后，或者明星出去做活动，正好被记者围住的那类。这种时候，但凡记者问及明星的恋情，就某个绯闻旁敲侧击，他们都一律微笑回应：假的，那是假新闻，我哪有时间恋爱？当年我总会觉得他们矫情，窃笑一声：装个毛线。如今回头看，我才恍然，他们说的，或许一点儿都不假。当年的范冰冰，三百六十五天全年无休，不是在拍戏，就是走在拍戏的路上。当然，你也可以说她走红毯，走红毯也是在忙，好吗？当年的章子怡，为拍好功夫片《一代宗师》，三年里忙着训练再训练，身体一直处于超负荷状态。当年的郭敬明（他也算半个明星吧）白天忙于处理公司事务，夜里忙于写作《小时代》三部曲，每天睡眠时间不足五个小时。

如果你认为我举的例子不够，或者不妥，在这里，我还可以给你列一串名单。当你闲散下来的时候，当你庸碌度日的时候，不妨闭上眼睛想一想——

马云忙吗？

库克忙吗？

胡歌忙吗？

金星忙吗？

因为《琅琊榜》而火起来的王凯忙吗？

因为《我的少女时代》而火起来的王大陆忙吗？

因为《太子妃升职记》而火起来的张天爱忙吗？

《康熙来了》即将停播，你以为小S和蔡康永就闲着了吗？没有，蔡康永要忙着拍电影了，小S要忙着演电影了。

不好意思，事实就是如此——在这个世界上，成功人士往往都很忙，失败者才有时间"无聊"，才有时间把"无聊"挂在嘴上。不管是我们身边的人，还是遥不可及的明星大腕。如果你想成功，那就忙起来，从此刻起，好好规划你的人生，一步步，朝着既定的目标，踏踏实实地往下走。

也许你会说，我才不像你一样功利，活着就为了成功，我平生最讨厌"成功学"，我的人生信条是"平平淡淡才是真"。好吧，我相信持这种观念的人不在少数，但你知道吗？最早说出"平平淡淡才是真"的人，一定是成功的人，他一定经历了人生的艰难坎坷，最终抵达了他的梦想殿堂，转身回望，才会有这样的感慨。作为一个二三十岁甚至十几岁的年轻人，不客气地告诉你，你那不叫"平平淡淡才是真"，叫"碌碌无为才是真"。

退一步讲，你来人间一趟，短短几十载，即便不为拥有一个成功的人生，也要拥有一个有意义的人生吧？什么样的人生有意义？追寻理想的人生有意义，忙起来的人生有意义。对不同的人而言，理想可大可小，但只要你忙着追寻，不论结果如何，都是有意义的。关键是，你要忙起来。

现在我想回过头去，回应一下我的同事，同时也告诉每一个人，尤其是我的同龄人：听说你很忙？忙就对了。忙到两个月才看一次电影？那这电影一定很好看。忙到半年才旅一次游？那这旅游必定很难忘。你忙于照顾孩子，孩子就会健康成长；你忙于处理工作，工作便会日益出色。你每忙一次，就给人生加一次分。人活着啊，忙是常态，不忙才怪。

人生路上，
我们都是和自己赛跑的人

前些日子去一个亲戚家做客，还没敲门我就听到里面训斥孩子的声音：

"就考这么点儿分数，还好意思去什么欢乐谷玩？隔壁乐乐，也是你同桌，我听他妈说，人家这次测验考了98分，依然老老实实在家看书。"

"妈，我已经两三个月没休息了，再说，这次我和同学都约好了。"

"两三个月没休息算什么？你看人家乐乐休息过一天吗？什么叫约好了，约好了就不能不去吗？不就是出去玩嘛，多大点事儿。"

"妈……"

趁孩子还没哭出来，我赶紧按响了门铃。

三言两语说下来，大概了解了状况。最近一次数学考试，孩子考了85分，说起来，这已经是很不错的分数了。要知道，从前的他严重偏科，数学总是在及格线左右徘徊，可以说，85分对他来讲是天大的进步。

但父母就是不满意，总拿隔壁孩子和他比较，而且，还摆出一副特理直气壮的态度：和乐乐爸妈一样，我们送他去最好的小学读书，学习上有什么需要的，我们都尽最大的力量满足他，饭菜给他做最可口的，衣服给他买最新款的，我们付出了所有，他为什么就不能和乐乐一样考个好成绩呢？

没想到，那么多年过去了，这一代的孩子，依然要活在"别人家孩子"的阴影下。每个孩子天资都不同，特长也不同，完全没有可比性，这样的比较，对孩子来说是巨大的不公平。当你拿自己家孩子和别人家孩子比的时候，有没有想过拿自己和别人比一比？人家父母能做到的，你都能做到吗？不可能。

所以啊，不要拿别人家孩子和自己家孩子比，而要拿孩子的今天和昨天比，每天进步一点点，就是最大的进步。

有一个同学，平日里总是喜笑颜开，耍嘴逗贫是他的长项，一大群人里，他总能带动气氛，将原本沉默的"剧情"

推向高潮。用他的话说，人越多，他越兴奋，有一种气吞山河、掌控全局的感觉，很带劲儿。

可最近，他郁闷了。周末大家出来聚会，他也不怎么讲话了，一个人静静地待在角落里，有一搭没一搭地喝着茶水，玩起了深沉。

经过一番追问我们才得知，工作一年来，身边的同事升职的升职，加薪的加薪，获奖的获奖，唯独他什么也没捞着，三百六十五个日子过下来，总觉得没有进步。看着别人一步步往上爬，唯独自己停在原地，那种感觉，很不是滋味。

其实啊，他之所以看不到进步，原因很多。首先，和别人比起来，自己不是科班出身，大学里学到的东西一点儿也没用上，目前的工作丝毫不熟悉，一切都要从头开始；其次，升职加薪是需要年限的，他工作才满一年，就想到了这块，未免猴急了点儿；最后，获奖是有名额限制的，整个单位两三百人，新人奖只有两个名额，轮不上不是很正常吗？

平心而论，比起当初的自己，他进步挺大的。从一个什么都要问别人，脑子一团糨糊的菜鸟，到如今不仅可以独立完成工作，而且时不时还能帮别人搭把手的职场新秀，这进步还不大吗？简直像大变活人好吗？

是的，他不是没有进步，而是将过多的目光放在了别人身上，而忽视了自己的光芒。**每个人的起点都不一样，每个人的步伐也不一样，千万不要因为别人的脚步而打乱了自己的节奏。**

身边一些写作的朋友也不例外，写着写着，就很容易走入和别人比较的怪圈，从而挫败感连连。

起初，大家都抱着喜欢文学的初衷开始写作，心思特别单纯，就是想表达，有一些念头沉淀在脑海里，有一些故事的框架在心头若隐若现，不吐不快。一个灵感乍现，一个段落敲打出来，一篇文章出现在眼前，这个遣词造句的过程，在文字海洋里游弋的感觉，特别有成就感。

身边人陆续写出一篇篇红文，一家家出版社找过来，甚至在网络上开始小有名气，成了拥有众多粉丝的网红，而自己依然藉藉无名，这时候，就有人开始坐不住了。你禁不住会想——唉，自己怎么一点儿进步都没有，或者，果然自己没天分，不是写作的料，甚至开始怀疑人生，在自怨自艾中郁郁终日。

其实，事实远非如此。**你将太多的时间放在了看别人怎么走路，而忘记了自己脚下的路。你以为自己原地踏步，其实早将过去的你远远地甩在了身后。**不信的话，你可以回头看看自己的第一篇文章，和最近的一篇文章做一下比较，你可以想想一年前的自己，是不是一个月也写不了两篇文章，而现在的你，一周都可以写四五篇。是的，不论文章质量还是自身的勤奋度，都较之前有了大幅度的提高。

如果说人生是一场比赛，那么我想说，在这条路上，我们都是和自己赛跑的人。你的对手只有你自己，你只需要超越你自己。每个人都有自己的赛道，每个人的目的地都不同，你无须追逐别人的脚步，亦无须羡慕别人的光芒。

竭尽全力，把当下的每一件小事做好，也就做好了一件大事。今天的你，比昨天的你优秀了一点点，你就是自己的No.1。一天比一天进步，就是最大的进步。这世上从来就没有捷径，如果有，那就是，一步一个脚印地往前走。

请记住，你的生活里从来就没有别人。做好你自己，做更好的自己。

珍惜那个向你
输送负能量的朋友

01

什么时候，你觉得自己和朋友关系最亲密?

于我而言，是当他向我输送负能量的时候。

比如，这学期的数学课好难啊，密密麻麻的公式，那么多，刚弄懂一个，下一个又来了，简直没完没了;又如，你知道吗，上早班的时候，我又迟到了，牙都没来得及刷，脸都没来得及洗，就匆匆赶去地铁站了，唉，咱们上班时间也太早了一点儿;再如，有一天晚上，躺在床上，我突然发现找不到人生的意义了，你说，人到底是为了什么而活着呢，一日三餐、吃喝拉撒睡的一辈子，有什么价值?

每每听到这样的吐槽，我都觉得我们的心贴得好近。

是的，我有一种被珍视的感觉。身边那么多人，他没有选择别人，而是选择了我来表达他在生活中的挫败感，可见我在他心中的地位有多高。

他无所顾忌地向我输送负能量，我不能辜负这种信任，理应为他答疑解惑，疏散心结。

他哭的时候，我愿意借出一只肩膀，因为我知道，当我感到寒冷，他也会毫不犹豫地敞开自己的怀抱。

02

多年来，我一直有一个藏宝盒，在那个盒子里，放着高三那年我和几位朋友的往来信件，一封封，被我仔细地码在一起。

说是高三，其实是高四。是的，我高考失利，复读了，而我的朋友们都考取了他们理想的大学，陆续离开老家，去远方的城市求学了。

复读生活压力巨大，加上青春年少，正是"强说愁"的岁月，负能量爆棚，我迫切需要一个和外界交流的渠道，治愈自己，迫切需要一盏灯，在独自奋战的漫漫长夜里，照亮脚下的路。于是，自然而然地，我们开始写信。

都写了些什么呢？现在读来，无非一些不足挂齿的小事。

宿舍里有个同学总是排挤我，我应该告诉老师，让他来调解一下，还是搬出去住？或者，月考排名又下降了，晚自习的时候，班主任叫我出去谈话了，你说，我这成绩还会变好吗？又或者，出去买《萌芽》的路上突然下起大雨，回到学校，衣服和杂志全湿了，我是不是很倒霉？

他们总是耐心地开解我，一边开解，一边讲着大学生活的美好，以此激励我好好读书，我所向往的生活，只要努力，终将到来。

恍然间，许多年就过去了。

他们工作的工作，成家的成家，有的甚至生了孩子，当上了爸妈。大家都很忙，再不像学生时代那样可以有余暇一起打闹，互诉衷肠。

但，每每想起那段通信的岁月，想起那个充满负能量的自己被温柔相待，心底便会生出一丝温暖。是的，亲爱的朋友，我希望你在每一个难挨的关口也能想起我，给我打一个电话。

我时刻等待着，按下那个接听键。

03

大学同学阿强，我们私下里都叫他强哥，是学院乃至整个学校的风云人物。

他一人身兼数职——班长、篮球队队长、学生会主席，甚至，在学校大大小小的晚会上也经常能见到他的身影——穿着笔挺的西装，留着时下流行的发型，温雅地介绍嘉宾，主持节目。

我一直觉得他是我们的庇护神，是超级英雄一样的存在。任何时候，风雪袭来，我们都可以躲在他身后。没有什么可以击败他，只要他一个微笑，整个世界似乎都变暖了。

直到大四那年夏天，临近毕业的某个晚上，他叫我出去在路边摊喝啤酒撸串儿。喝着喝着他突然就哭了，手里的肉串刚吃了半截，随手丢在了地上。望着他颤抖的肩膀，簌簌而落的泪水，以及脏兮兮的嘴角，我瞬间难过得不能自已。我第一次发现，原来他也有这么脆弱的时刻，需要我们安抚。

　　那天晚上，强哥说了好多话，似乎把大半辈子的话都说尽了，说他失败的恋情，说学生会里的尔虞我诈，说遥不可知的未来。以前，强哥一直站在我仰望的地方，那一晚，我才觉得他就在身旁，是可以勾肩搭背的兄弟。

　　毕业以后，强哥是我为数不多的经常联络的朋友之一，我珍惜这样的朋友，因为，他愿意将自己不堪的一面给我看，把我当朋友。

04

　　由于写作的关系，加入了几个作者群。其中有一个群，我甚是喜欢。

　　喜欢它什么呢？群里的作者们个个真性情，想说什么说什么，没有虚假的客套，高兴了就聊高兴的事，难过了就互相吐槽，一时间，负能量在群里交汇、碰撞，最终"负负得正"，以欢乐的"斗图（互相发表情）"活动收尾。

是的，互相输送负能量，反倒是一件挺正能量的事儿。

比如，有人吐槽被退稿，然后就有人吐槽连稿子都写不出来了，再然后，"跳楼死一死"的心都有了；再比如，有人抱怨出版社给的版税低，就有人抱怨压根儿没有出版社联系出书，随后，就会出现"这辈子都没有出书的希望了"的哀叹。

总之，没有最惨，只有更惨。不知不觉间，负能量在互相"攀比"中渐渐消失了，甚至，周围洋溢起一股欢乐的气氛来。

一个只有正能量的人是不正常的，作为一个生命体，我们需要偶尔向外界输送负能量。这样一个"排毒"的过程，在我们的人生里，是不可或缺的。

找到一个和你"以毒攻毒"的朋友，一起健康成长，实在是一桩幸事。

05

如今这个时代，似乎是一个不允许负能量存在的时代，太多的文章告诉我们，远离负能量朋友，去靠近一个给你正能量的人。

可是，每个正能量的人身上，都不可避免地拥有负能量，我们有阳光灿烂的日子，也有郁郁寡欢的岁月。

而作为朋友，在我面前，我希望你能够舒服地做自己，想哭就哭，想笑就笑，而不是向我强撑出一张笑脸，背地里再哭给自己看。朋友一场，我不希望我们之间只有礼貌性的寒暄，我不希望我们之间的对白是"你好""再见"。我愿意做你一辈子的"树洞"，你所有的委屈、困苦和不甘，我都洗耳恭听。

什么是朋友？不就是在别人面前我盔甲傍身，刀枪不入，在你面前却可以褪去所有伪装，安心地做一个柔弱的孩子？

请珍惜那个向你输送负能量的朋友，因为，一个愿意向你输送负能量的朋友，才是真朋友。

我在北京，
但不是北漂

O1

伴随着一阵刺耳的手机铃声，我从沉沉睡梦中挣扎着醒来。嗯，五点三十分，刚刚好。我关上手机闹铃，打开床头的台灯，揉揉惺忪的眼睛，命令自己掀开被子，开始起床。

上厕所，刷牙，洗脸。洗头？哪有时间洗头，浸湿要花时间吧，涂洗发水要花时间吧，吹干也要花时间吧？是的，不知从何时起，我连洗头的时间都已经没有了，它已经变成了一件奢侈的事。

擦干脸，拎起椅子上昨晚收拾好的挎包（里面装着钱包、充电器、一本书、手帕纸、耳机、钥匙），关窗？窗子没有打开过，打开还要关上，没有时间，窗帘亦没有拉开过，拉开也是沉沉暮色，锁门，开始一路小跑赶往地铁站。

不出意外的话，五点五十分左右，15号线第一班车会抵达这里。车上人不多，我一般会下意识选择一排座位的靠边位置，坐下来。因为只有这样，我才可以眯上一会儿，而不至太过困倦倒在座位上。清晨的地铁上，耳畔莫名有股呼啸的风，和着寂寥的灯光，营造出一种肃杀的氛围，我总会不由自主地戴上风衣的帽子，将自己裹了又裹，似乎这样就可以获得某种安全感。

途经十站地，在奥林匹克公园下来，再换乘8号线，途经三站，在安华桥下来，再步行十分钟，就到了单位。这十分钟，于我来说，是黑夜与白天的交替，是梦境与现实的转换，有时阳光和暖，有时雾霾重重，每一位经过的路人，都有一张行色匆匆的脸。

单位楼下有一个煎饼摊，阿姨经年累月地做煎饼，我经年累月地买煎饼，每次都有三五个人在等。我焦躁地看着表，她匆匆地做，摊面饼、打鸡蛋、撒葱花，转眼，煎饼做好了，我一面心里喊着热，一面往嘴里送，同时，脚步不停歇地往前赶。是的，我要赶在七点之前到达单位，坐在自己的格子间。

睡眠不足的结果往往是，七八点钟很兴奋，一旦过了九点就开始犯困，困到完全不能看电脑屏幕，一看就晕，怎么办呢？还能怎么办？冲一杯咖啡，让自己保持清醒，继续工作。

就这样，一杯咖啡喝完，再续一杯，午饭时间到了。点一份午餐匆匆扒拉完，将用过的饭盒丢进垃圾桶，继续进行下午的工作。

或许心里明白下午四点下班吧，有了这个意识，反而产生了度秒如年的感觉，就像春运期间，坐在一列归家的火车上，那种焦灼与迫切，难以言喻。一秒、两秒、三秒……终于，四点了，我默默在心底为四点敲响了钟声，开始拖着疲惫的身躯行尸走肉一般往地铁赶，往出租房赶，更确切说是，往出租房里的那张床赶。

快则五点一刻，慢则五点半，我就能打开房门，把自己像死尸一样丢在床上了。

昏睡两个小时，洗把脸，开始一个人叮叮当当地做饭。其实，大多时候听不到叮叮当当，因为无非煮碗泡面（一来实在不想出去买菜，二来小区超市的蔬菜很贵），心疼自己了，就加个蛋。

吃完饭，刷好碗，打开电脑，在所谓梦想的激励下，开始写赚不到什么钱也没多少人看的文章，或者，扭亮台灯，拿起架子上的书阅读，充当一把文艺青年。

这就是我在北京的一天，连乏味都没有力气说出口的一天。

02

过年回农村老家，除了吃喝玩乐，就是各种串亲戚。

大年初五去了外婆家。

听说我毕业后去北京工作了，表哥走到跟前，笑着说，你研究生毕业，又在北京工作，一定不少挣吧。

我不好意思地笑了笑，说，没有。

他紧追不舍道，在你哥跟前还有什么不能说的，谦虚什么呀，一个月到底能挣多少？

看情况是瞒不下去了，我只好说，四五千，少的时候四千多，多的时候五千多。

他依然怀抱着希望说，那你们单位应该管吃管住吧？

我强撑起一丝微笑，不无心酸地道，我在五环外租了间房子，月租一千七，单位管一顿中饭。

向来滔滔不绝甚至油嘴滑舌的表哥，第一次陷入了沉默。

他没有再问，我也没有再说。

03

住我家对面的老奶奶，快八十岁了，可说是看我长大的。除夕当天早晨，我们那儿有给老年人送点心的习俗，一般都是小孩子去送，姐姐嫁人了，这事儿自然就落在了我身上。当然了，我也乐意去送，过年嘛，说句新年好，送份礼物，红红火火，暖意融融，多可乐的一件事。

但是，今年老奶奶的一番话，说得我五味杂陈。

她一面乐呵呵地收了点心，一面打开了话匣子，娃儿啊，听说你在北京工作了，可挣下大钱了吧，过年给你妈多少？

我羞赧地笑了笑，说，没挣大钱，我妈也不要。

她立马拉下脸来，气咻咻地道，什么叫你妈不要，她不要，你就不给了吗？你知道吗？你妈养你不容易，那些年大伙儿都穷，你家更穷，要吃没吃，要喝没喝，你妈刚嫁过来的时候，连个正经住的地方都没有啊，她供你读那么些年书，吃了多少苦，遭了多少罪啊。

顿了顿，她看看我的脸色，语调缓和了些，继续道，娃啊，奶奶说的都是实话，你也别生气，你说没挣大钱，再不挣大钱，一个月也要万儿八千的吧，现在去北京打工的，都四五千四五千往家挣，你诓不了你奶。听我的话，多多少少给你妈点儿，是个心意。

我也只能点点头，转身离去。

我要如何向一个土生土长的农村老太太解释学历和工资的关系呢？怕是越解释越乱，越解释越会背上不孝的罪名吧。从小到大，我妈为我吃了多少苦，我不比谁都清楚吗？

读初中的时候，我住校，学校伙食差，整日清汤寡水的，我妈偶尔看我一次，带我去镇上的小餐馆吃饭，两个人点一碗肉丝汤，我把肉丝捞完，她喝汤；读高中以后，学费贵了不止一个等级，我每月月底回家，还要拿生活费，一个农村妇女，能有多少挣钱的渠道？我妈从来不说苦，后来我才知道，那些年，她为了筹到钱，急得私下里落了多少泪；我高考成绩不理想，勉强去读了一个大学，终究还是读不下去，中途辍学，我妈千里迢迢去接我。穷啊，啥东西都不舍得扔，寄回家又要花钱，我妈索性将被子凉席脸盆拖鞋等一大堆东西卷在床单里，扛在膀子上，自己背了一路。多少年过去了，她现在还胳臂疼，喝了多少汤药不见好。

我比任何一个人都希望她过得好，希望她每天都开开心心的，不为衣食所忧，不为儿女的事犯愁，想打麻将就打麻将，不想打麻将了，就站在大门口，一面嗑瓜子儿，一面和乡亲们唠唠嗑，吹吹牛。最好是，我一摞一摞的钞票寄回家，让她余生都不再为穷而折腰。最好是……

是的，我有这个愿望，但我有这个底气吗？

04

头几天收到大伟的短信，说他要结婚了，请我届时光临，寒舍定将蓬荜生辉。是的，多少年了呢，他还是改不掉那个矫情的口吻，堪称"转文界"主席。我回说什么时候呢。他说五一。我说五一不还早着呢嘛。他发来一个龇牙的笑脸，这不提前让你感受一下我新婚的喜悦嘛。

是的，我挺喜悦的，我挺开心的。大伟是我发小儿，从幼儿园一直到高中的同学，我们一起光着屁股在河湾里捉过泥鳅，考试的时候相互传过小抄，"革命情谊"非同一般。如今他工作稳定，有车有房，新婚在即，儿女成双（哈哈，对，还没办婚礼呢，他就先当了爹），我能不开心吗？

我只是有些感慨。

大伟大学毕业就考了老家的公务员，在县委工作，闲职一个，大多时候，无非看看报纸喝喝茶，或许，刷刷微博喝喝奶茶。工资说不上高，但在我们那个小地方，足够维持生计，甚至还有盈余。老家的房子又便宜，他在县城买了一套三室两厅一百多平方米的房子，统共才花去三十多万。女朋友呢，是高中同学，大学毕业考了老家的教师，在县一中任教。两个人的小日子，过得有滋有味。

我羡慕他吗？我似乎没有理由不羡慕他。

北京的房价压死人，照目前的工资水准，兢兢业业地工作三十年，能买一间厕所都成问题。不都这么说吗？大城市的一张床，小城市的一套房，如此血淋淋的写照，北京堪称代表。还有，众所周知，北京盛产雾霾，一年到头，能有几天阳光普照的好日子？每个步履匆匆的行人，都像一台沉默的吸尘器，尽职尽责地将每一缕尘埃吞进肚子里，供五脏六腑品尝……

那么，我为什么还要待在北京呢？我为什么抛下老家的安逸，做个前途渺茫的北漂呢？

05

这个问题，我不是没有想过的。

无数个暗夜里，望着窗外的月亮，或者床头的台灯，我都在想，我为什么要留在北京？当无端遭受歧视，遭受不公平待遇，一个人受了委屈，忍住眼泪不让它流出来的时候，我都在想，我为什么要留在北京？当每一个工作日吃着万年不变的盒饭，为这顿多花了五毛、那顿多花了一块比较来比较去的时候，我都在想，我为什么要留在北京？当两三个月看一场电影，连桶爆米花都舍不得买的时候，我都在想，我为什么要留在北京？当给老家打一次电话都要控制在五分钟以内，交一次房租就像割一次肉的时候，我都在想，我为什么要留在北京？

　　为了我的梦想，是的，为了我的梦想。

　　我知道，这是一个羞于谈梦想的年代，这是一个梦想贬值的年代，在这个经济压力巨大的城市里，每个人似乎都应该为一日三餐而活，为温饱而活，为生计而活。做一个务实的普通人，而不是一个异想天开的梦想家，似乎更值得大家尊重。

　　但我还是要说，我之所以留在北京，是为了实现自己的梦想。我在北京，但我不是北漂。我不喜欢"北漂"这个词，不喜欢它饱含的自怨自艾的苦情味儿，似乎来北京不是一种自主选择，反倒像谁拿刀架在脖子上的一种压迫——不得不来。多少自诩为北漂的年轻人，整天挂着一张苦兮兮的窦娥脸，给谁看呢？

究竟是留在大城市奋斗，还是回到小城市谋生，是努力拼搏的日子更有意义，还是岁月静好才是生活的本质，都是一种自主选择，无所谓好坏。我只想说，既然你来到了大城市，来到了北京，何不好好奋斗一番呢？趁年轻，趁还有一腔热血，何不将它洒在自己炽热的梦想上？只要心中有梦，就永远不是北漂。

是的，生命在于折腾，趁自己还能生龙活虎，请好好折腾，尽情折腾。别怕苦，别喊累，我们今天的苦累，都是明日勋章上闪烁的光。如果你也在北京，当你熬不下去的关口，请记得还有我，和你一样摸索前行。

不怕。

脆弱从来不是伤疤，
你无须遮掩

01

刚才去吃早饭，邻桌是一对母子。母亲看上去三十来岁，小男孩八九岁的样子，戴着小黄帽和红领巾，书包斜挂在椅子上，上面印着小熊的图案。附近刚好有个小学，他们是去赶早课吧。

正吃着，一不小心，男孩将滚烫的米粥洒在了身上，同时，半只手也难逃厄运。一时间，男孩的眼泪涌上来，虽没有哭出声音，但那表情，看着比哭出来都难受。

"把眼泪憋回去，听到没？"妈妈瞪了小男孩两眼，"不就是洒了粥嘛，男子汉大丈夫，也好意思哭。"

"疼啊，妈。"男孩忍不住嚷了一声。

"疼疼疼，你都多大了？马上要读三年级了。"妈妈一面指着眼前的餐纸，一面对他说，"快，自个儿擦擦。"

男孩默默擦完手，又站起身来，慢慢地擦拭裤子。

"这才对嘛，多大点儿事。你长大了，以后不管遇到什么事，都要坚强。想哭了，也要忍着，知道吗？"妈妈赞许地望着他。

"嗯。"男孩点了点头，眼眶依然发红。

O2

这让我想起一个学姐来。

她从小家贫，兄弟姐妹多，确切说，是弟弟妹妹多，父亲呢，又在她十二岁的时候出车祸死了。从那年开始，学姐说，她再也没有哭过。因为一家人都要靠她了，她怕自己一哭，整个家都垮了，尤其是母亲，她要帮母亲撑起这个家，让她骄傲。

十二岁，她刚读初中，为了按时交上学杂费，不上课的时候，哪怕课间十分钟，她都在学校捡瓶子，就是那种矿泉水、酸奶瓶子。她捡上一周，装在一个编织袋里，周末休息的时候，再一个人送到废品收购站，换得很少很少的一点钱。然后，回来的路上，再去舅舅的小餐馆帮忙擦桌子、洗碗，到了月末，舅舅会给她一点儿钱。

那几年，她妈妈在纺织厂打工，为了多挣点儿钱，人家都是三班倒，她天黑干到天亮，吃住都在厂子里，只在周末，或者临时有事才回家一趟。妈妈顾不上她，她还要照顾弟弟妹妹，用她的话说，哪里顾得上委屈，早忘了眼泪的滋味。

就这么生生往下熬，终于，她考上了大学。但是，大学学费贵啊，她要强惯了，一点儿也不想让别人看到她的脆弱。本可以申请贫困助学金，她都拒绝了。从考上大学的那年暑假开始，她就一直在打工，四处打，有时一天兼三份，上午干完了这一家，下午又去另一家，吃了晚饭，还要再去一家接着干。

学姐说，不怕你笑话，KTV的点歌小姐我都干过。有时候，难免有客人动手动脚，她依然强忍着，撑出一张笑脸来，实在过分了，她最多辞职不干，也从不会哭。哭有什么用啊，没有用。她总是这样告诉自己。

大学毕业后，通过自己努力，她找到了一家理想的单位。由于专业能力强，很快升职加薪，成了部门主管。她终于不穷了，终于不怕了，她也穿着职业套装，脚踏细高跟鞋，像模像样地出入高级写字楼了。

这时候，她谈了一个男朋友。一开始，两个人你侬我侬，甜甜蜜蜜，后来，就开始出现裂痕。男朋友嫌她太强势，从不会服软，不管遇上多大的事，承受多大的压力，她从不会哭。男朋友说，他像和一个机器人在谈恋爱，他期望的小鸟依人，从未在学姐身上出现过。

后来，她又陆续谈过几个男朋友，都因为同样的原因，分了。

学姐十分委屈，每次分手后，都会在群里大倒苦水：我实在搞不懂，难道坚强还有错了？

03

实习的时候，碰见一个姑娘，她是单位里最爱笑的一个人，眼睛不大，见了谁都眯起来，特可爱。同时，她也是最爱哭的一个，尤其工作任务重、压力大的关口。虽不至号啕大哭，但总会忍不住流几滴眼泪。

大家都很喜欢她，不管跟她说话还是不跟她说话，甚至就只是看她一眼，都觉得舒服。

有一次，午间吃饭，大家正吃得津津有味，又听到她格子间传来了哭声。走过去才知道，原来她在看韩剧，正看到男女主角分手的时候，讨厌的女二还扇了女一一巴掌。她一边咬牙切齿紧握拳头，恨不得下一秒就冲进屏幕里，一边哭得稀里哗啦，止也止不住。

我们都笑了。一瞬间觉得，大家都不是在单位，而是在学校，又回到了那轻松惬意的校园生活。

是的，是她的存在，让整个单位气氛都变了。原本紧张压抑、令人窒息的工作氛围，突然被她打通了一个缺口，有了人气，浓浓的人情味儿荡漾开来。

唔，就一个感觉，真舒服。

04

村上春树在《舞！舞！舞！》里说，你要做一个不动声色的大人了，不准情绪化，不准偷偷想念，不准回头看，去过自己另外的生活。

我们通常所受的教育也是，你要坚强，你要打碎牙齿往肚里咽。

而我想说的是，脆弱从来不是伤疤，你无须遮掩。无论到了哪个年纪，你都有脆弱的权利。因为，你是一个人，你有七情六欲。我们要不动声色，我们要坚强，这些都没错，但是，请不要强做坚强，不要隐藏声色。走累了，撑不下去的时候，就蹲下来哭一哭，哭完了，擦干眼泪，继续上路。

要知道，你笑起来很美，你哭的时候，更动人。社会很残酷，你要活得有温度。

你之所以比父母强，
是因为站在他们的肩上

上周六去朝阳公园看了场《美人鱼》，我左手边是位上了年纪的老太太，再往左依次是她女儿、女婿以及一个四五岁的孩子。

入场早了点儿，孩子坐不住，捧着爆米花在座位间走来走去，一会儿要找姥姥，一会儿要找妈妈，妈妈怀里还没坐热，又坐在了爸爸的膝盖上，一副暖意融融的场面，羡煞旁人。

电影即将开场的时候，孩子的酸奶不喝了，硬要姥姥喝。

老太太乐呵呵地吸了一口，随即咧开了嘴巴，直嚷着不好喝：什么奶啊，这是？又稠又涩。

女儿白了她一眼，接话道：这奶还不好喝？这是最好的奶了，好吗？酸奶都这样，真是没喝过东西。看老太太还愣在那里，她又加了句：不好喝你就放扶手上，扶手上有个洞，看见没？

老太太随手放在了右边，也就是我的扶手上。

看在眼里，女儿强压住火气说，不对，放错了，左边才是自己的，真是啥也不懂。

我赶紧给她摆手，示意没关系。

这时候，老太太一面转移酸奶，一面凑近我耳朵说，刚从农村出来，没进过电影院，让你笑话了。

我连连说没事儿，朝她笑了笑。

电影开始了，大家纷纷戴上了眼镜。老太太戴了约莫五分钟就嚷着晕，头晕。一旁的女儿终于忍不住了，厉声对她说："晕就出去吧，出去等我们，拿上孩子的羽绒服，就在影院门口等着，哪里也别去。"

老太太羞赧地笑了笑，开始往外走。女儿望着她的背影直撇嘴："真是没见识，3D电影都不知道。"

女儿也许并无恶意，像这样的吵嘴，也经常发生在我们和父母之间。但不知为何，一时间，我心里升起一丝凉意，本来一部充满了欢笑、温情和大爱的《美人鱼》，结果看得五味杂陈。

是的，和身居都市的我们相比，农村的父母没见识。可是，正是他们的没见识，成就了我们的远见卓识。他们面朝黄土背朝天地辛勤劳作，和一个个土坷垃打交道，才换来了我们踏入城市的资本，才撑起我们一步步向着理想迈进。

我们图一时口舌之快，有想过他们的感受吗？

在杭州读书的时候，我曾以学长的身份接待过入学报到的新生，其中有一位来自甘肃的男生，令我印象格外深刻。

由于路途遥远，他的父母大概不放心，全程陪送而来。近年，虽说新生报到父母陪送已经成为一种不成文的规定，但就研究生阶段而言还是少之又少的，整个学院像他这样的学生，至多不过两三位。

男生或许意识到了这点，一进校门就满脸尴尬，且将这种尴尬发泄在父母身上：爸，不要把行李扛在肩膀上好吗，怕人家看不出咱是农民吗？妈，车上吃剩的面包丢掉吧，总拿在手里像什么样子！

在家长休息区，父母还未落座，他就开始了三令五申：去宿舍的时候你们不准帮我铺床，我自己会铺，你们在外面等着就行；去食堂的时候，你们不准帮我打饭，我自己会打，你们老实坐着就行；另外，能少说话的时候就少说，能

不说话的时候就不说，听到没？

言辞之间，完全像训斥两个不听话的孩子。

从幼儿园到研究生，我们读了多少年书，为什么却连我们的父母还读不懂，还学不会尊重？是的，他们是没见过多少世面，但正因为他们没见过世面，才拼命让你能见上世面。他们坐井观天了多年，才换来了你今天的一望无垠。

在所有同事中，A先生是和我关系最铁的一个，我们推心置腹，无话不谈，仿若学生时代的前后桌。一次单位组织出游，每到一处景点他都要买很多纪念品，并用精美的盒子装起来，小心翼翼，万般珍视。

众所周知，景点附近的纪念品大多花里胡哨，并不实用，而且价格昂贵，在多数人眼里都是骗游客钱的。于是我向A提出了疑问。

A笑了笑说，我想带回家里给父母看看，给兄弟姐妹看看，他们一辈子都没有走出过农村，更别说外出旅游了，这也是增长他们见识的方式之一吧。顿了顿，他拿出手里包装好的菩提子手串向我挥了挥，说，这手串送给我妈妈，她平生最大的愿望就是来西湖看看，而这手串正是在西湖买的，算是间接弥补她的愿望吧。A叹了口气，望着远方，憧憬道，等哪天攒够了钱，自己买辆车，一定带上父母满世界转转。

我暗暗为他鼓掌。

近年来，网络上不是经常爆出这样的事吗？农村妈妈带着一堆土特产千里迢迢赶往城市看儿子，到最后却被拒之门外。为什么？无非因为她太土了，玷污了儿子家中光滑如镜的地板怎么办？她要吃饭吧，一手的泥巴，纵使洗干净了也带着土坷垃味儿吧？她要睡觉吧，瞧瞧那一身脏衣服，半个月没洗了吧，脱了都找不到地方放呀。

你现在混得人模狗样，脚不沾泥地出入高级写字楼，却忘了自己是吃着谁的奶长大的。你把狗剩改成Tom，企图洗白自己的"黑历史"，却忘了正是这段"黑历史"，才给了你今天洗白的机会，让你光芒万丈地出现在众人面前。

你之所以比父母强，是因为站在他们的肩上，是他们托举着你看到了更辽阔的远方。你的每一根骨头、每一滴血液都源自于他们，是他们为你打开了这个世界的大门。没有他们，你连一粒尘埃都不是。

是的，儿不嫌母丑，狗不嫌家贫。在尽孝之前，请先学会尊重他们。因为，尊重他们，就等于尊重你自己。

这世上

从来就没有

捷径，

如果有，

那只有

坚持不懈

这一条。

第二章

努力，
才能和
更好的自己相遇

勤奋拼不过天赋，
但不能成为你懒惰的理由

生活中，你是否常常有这样的挫败感——

念书的时候，你熬夜复习几个月，就差头悬梁锥刺股了，结果，成绩一公布，还没那些复习半个月的同学考得好。

参加工作后，同样一项任务，你加班加点才勉强完成，而换作他人，不消两小时就搞定了，效果甚至比你的还完美。

就连考驾照这种事，同样如此。你参加这个培训那个培训，周末都舍不得休息，全部腾出来练车了，依然考了一年多将近两年，才把证件拿到手，而有些人，轻轻松松，三四个月就通过了所有科目，而且技术比你还要娴熟。

......

相信你一定有过，每个人多多少少都会有。

但是，那又怎样呢？书没别人念得好，就不念了吗？工作不如别人效率高，就不做了吗？驾照没别人考得快，就干脆不考了，一辈子不开车吗？遇上天才，像我们这样的庸才，就不活了吗？

当然不是啊。勤奋拼不过天赋，但这不能成为你懒惰的理由。

多少年来，我们所受的教育都是，世上没有天才，所谓的天才不过是更勤奋而已。图书市场上大量的书籍都在告诉我们，人与人之间的差距不是天分，而是勤奋。微信朋友圈里，每天都有不计其数的文章在传达这么一个理念：那些成功人士，都是一路勤奋、一路打拼过来的。

在这个年轻人普遍迷茫、浮躁的时代，劝诫大家要勤奋，这个价值观是没有错的，但，与此同时，我们也不应该掩盖一个事实，那就是，天赋是存在的，有些人一出生就是上帝的宠儿，做起某些事情来，就是比别人游刃有余。

学霸和学渣之间，差的绝对不仅仅是勤奋，不仅仅是他做的习题比你多，他熬的夜比你长。勤奋之外，他绝对有你比不了的更为敏捷的思维、更为神奇的灵感的闪念。就是这些东西，注定了他可以成为一个学霸，而你充其量只能摘掉学渣的帽子，比之前的你更优秀，而不可能与他并肩。

一个公司的上层人士，和刚参加工作的毕业生之间，差的也不仅仅是后天的努力。他拍拍肩膀，笑着告诉你，"小伙子，要好好努力啊！"你要知道，那不过是一种鼓励。当然，通过自己的努力，你或许会爬到公司的上层，但，这个努力不等于勤奋，勤奋之外，你还需要具备不同于常人的远见卓识。

是的，在这个世界上，但凡站在金字塔顶端的人，都不是单纯的"勤奋"二字可以造就的。

乔布斯之所以能把苹果推到世人面前，让每年的发布会都像过大年一样，令人翘首企盼，与勤奋定然脱不了关系，但更多的还在于他近乎挑剔的眼光，对产品有着精益求精的态度，以及秉持着类似处女座的完美主义观。

LV的创始人路易·威登先生，如果单靠勤奋，LV不会成为享誉世界的品牌，至多会在他的家乡开几个小店，维持自己的生计，如此而已。LV这个logo所折射出来的，更多的还是创始人的品味和才情。

马化腾决定做QQ的时候，国内已经有两家公司在做，且产品比腾讯更有名气，那为什么如今我们只知道QQ，只使用QQ？难道是另外两家公司懈怠了，不够勤奋，不够坚持？肯定不是，只能说明马化腾更有才智。

鲁迅有一句名言，大意是，哪里有什么天才，我不过是把喝咖啡的时间都用在了工作上。而事实上，鲁迅自己就是一个天才，他的作品字字珠玑、才华横溢，远不是通过勤奋就可以做到的。

听完这些，你是不是有一种回天乏术的感觉？似乎命运是天注定的，而非掌握在自己手中？既然勤奋没有用，何不躺下来做场白日梦？

不，我并非在宣扬一种勤奋无用论，恰恰相反，这世上多的是天才，所以你这个庸才要更勤奋，更努力。作为庸才，勤奋是摆在我们眼前的最后一条路，这条路不走，你就无路可走。勤奋是悬崖峭壁上的最后一根稻草，你必须紧紧抓住，不然，一无天赋，二不勤奋，就只能等死了。

是的，除了勤奋，你无路可走。

当你放着眼前的教材不温习，偷偷打开电脑追剧的时候，剧情越清晰，你的未来越模糊。

当你放着当下的工作不解决，悄悄翻出手机刷微博的时候，第二天，你就可能被上司"解决"。

当你享受自由职业的自由，而忘了它也是一种职业的时候，你离失业就不远了。

当你放弃棘手的问题，选择逃避，前面一定有更难解决的问题等着你，有更加棘手的问题刺伤你。

看看这世上，那些比你优秀的人比你还努力，比你有天赋的人比你还勤奋，你有什么理由懒惰？懒惰是一个人精神的坟墓，懒惰的过程，就是通往死亡的过程，而勤奋，是逃离这坟墓唯一的出口。

勤奋的你，成不了优秀的别人，但可以成为更好的自己；勤奋的你，会拥有一个沸腾的、朝气蓬勃的人生，而拥有这样的人生，就是生命的意义。

这世上有许多真理未必是真理，未必放之四海而皆准，但有两句话一定是——勤能补拙，笨鸟先飞。意识到自己的笨拙，那就勤奋起来；明白自己飞不高，飞不远，那就先飞。

因为你，除此之外，无路可走。

其实你什么都懂，
就是不行动

　　不知你有没有发现，一篇励志文下面，经常会有类似这样的读者留言：

　　楼主大大所言极是，真是醍醐灌顶啊。

　　听君一席话，胜读十年书，受教了。

　　值得学习！Mark！

　　字里行间，那股热情洋溢的劲头，似乎这辈子开天辟地第一次知道那些道理，此前还是白纸一张，童稚未开，有一种瞬间发现新大陆的感觉，心里都是惊雷一般的感叹号，原来如此！真没想到！天哪！

　　一般情况下，看到这样的留言，我心里只有两个字：呵呵。

为什么？因为你其实什么都懂。

难道你不懂父母的艰辛吗？难道你不懂"树欲静而风不止，子欲养而亲不待"的道理吗？难道你不懂自己成功的速度一定要赶上父母老去的速度吗？难道你不想长成一棵参天大树，为他们遮风挡雨，让他们老有所依吗？

难道你不懂努力奋斗的意义吗？难道你不懂"逆水行舟，不进则退"的道理吗？难道你不懂天上不会掉馅饼，一分耕耘才能有一分收获吗？难道你不想成为更好的自己，过上自己想要的生活吗？

难道你不懂自我提升的重要性吗？难道你不懂"你若盛开，清风自来"的道理吗？难道你不懂一个有素质有教养有能力的人更受欢迎吗？难道你不想一日日变得强大，变得优秀吗？

别骗自己了，你当然懂，你当然想，你只是不行动。

你是一个病情严重的懒癌患者、拖延症患者，今天的事，能拖就拖到明天，明天的事，能推就推到后天。

为什么？因为你总以为自己还年轻，来日方长，一切都来得及。就像很多治愈系文章里所写的那样，别急，你想要的，岁月都会给你，或者，二十多岁，你为什么害怕来不及，又或者，你一定要努力，但千万别着急。

于是，你把梦想押给了明天，心安理得地挥霍着每一个今天。

可是啊，亲爱的，你永远都不知道明天和意外哪一个先来，你永远都不知道，今天过去了，自己究竟还有没有明天。在这世上，任何一个人都无法保证自己一定会安安稳稳地度过一生，时间一到，寿终正寝。

想一想，长这么大，我们看过的天灾人祸还少吗？

2007年的南方雪灾你忘了吗？2008年的汶川大地震你忘了吗？2010年的甘肃泥石流你忘了吗？2011年的火车脱轨你忘了吗？2014年的马航失联你忘了吗？2014年12月31日的外滩踩踏你忘了吗？2015年天津港重大爆炸安全事故你忘了吗？

也许你会说，我都躲过了，可是，灾难下一次来临的时候，你如何保证自己一定躲得过？你无法保证。

我有一个发小儿，彼此交情特别好，多年前的一个夏天，我找他去复习功课，在即将走到他家门口的那刻，看到巷子那头，他哥哥正背着溺水的他匆匆赶来，不多一会儿，他就死去了。我清晰地记得，头一天晚上我们还约定，复习完功课，一起去村东头的打麦场里放风筝。

六年前的一个夏天，一场大暴雨过后，正在院子里清扫积水的大伯，突然被倒塌的一面墙生生盖在了下面，连叫喊都没有机会叫喊，就走了。在外打工的堂哥连夜匆匆赶回，几天几夜不吃饭，嗓子都哭哑了。可是，又有什么用呢？没有用。

半个月前，奶奶还说要去姑姑家住一段时间，好久没去了，实在太想了。前脚车票刚买好，后脚她就瘫痪了，爸爸和叔叔们陆续赶回老家，开始把屎把尿地伺候她。此前，她定然没有想过会有这一天吧？她一定觉得，广阔的世界，哪里都可以去，现如今，却连一步也迈不动了。

其实根本不需要我举例，你身边一定也有类似的事情发生。生老病死，从来由不得我们掌控。就整个宇宙而言，作为人类的我们，是多么多么渺小的存在，一阵风、一场雨我们就可能死去，干干净净地死去，好像从来没有活过。

我们唯一能做的就是，珍惜当下每一天，把每分每秒都用在刀刃上。

少刷一次微博，你并不会跟世界失去联络，而多看一页书，你就可能填补了一个知识的漏洞；少聊一次微信，朋友并不会跟你绝交，而多一分精力用在工作上，你就可能得到一次晋升的机会；少逛一次淘宝，衣服并不会即刻下架，而多给父母打一次电话，你就会温暖他们孤寂的心。

你要知道，有些事你今天不做，也许就再也没有机会做了；有些人你今天不见，也许这辈子都见不到了。把握当下，倾尽心力去做自己想做的事，见自己想见的人。人生苦短，要活就活得精彩，不要把遗憾带进坟墓里。

　　跨出那一步吧，不要犹豫。事情远比你想象的更容易，而你，远比自己想象的更牛。

是你自己不努力，
说什么怀才不遇

01

　　我有一个发小儿，叫彪子，和所有叫彪子的男孩一样，浑身上下充斥着一股帅帅的痞子气。彪子打小就有明星梦，当我还在中学苦苦读书的时候他就辍学了，只身一人背起行囊当北漂去了。

　　这一漂就是十年，明星梦碎，倒是领了一个女朋友回来。这不，趁着过年这段儿有空，正忙着办婚礼呢。

　　昨天夜里彪子喊我喝酒，说起来真是有几年没聚了，二话没说我就去了。

　　刚落座，彪子就打开了话匣子。

"说实话，兄弟，你觉得我丢不丢人？"也一本正经看着我。

"有什么丢人的？如果每个北漂最后都能当明星，那娱乐圈还能装得下吗？"我故作轻松笑了笑，以示安慰。

"我运气真背，像王宝强那样的都能当明星，老子却不行。"他拿起筷子敲了敲盘子，"你说老天是不是眼瞎？"

"运气这事怎么说呢？"我顿了顿，接着问他，"你这十年是怎么做北漂的，都干了些什么？"

"在北影厂门口蹲守，隔三岔五地发发传单，有时候实在等不到角色，还送过一段时间的外卖。"一时陷在回忆里，他不禁蹙了蹙眉。

"你没研究过怎么演戏吗？或者，买本专业书籍学习学习？"

"有什么好研究的呢？长得好看不就得了？现在不都看脸吗？你看那些火起来的小鲜肉，哪一个有演技？"他笑着跟我碰了碰杯。

"不看书，也至少通过其他途径提高一下自己的技能吧。如果你想拍武打片，就自己琢磨琢磨动作，或者找个师傅练一练如果你想拍偶像剧，就多多练习台词，揣摩一下人物的情感——"

"你还真是学霸，兄弟，做什么都想着学习。"他打断了我，"你没做过北漂不知道，就算像你说的那样，锻炼锻炼这个，培训培训那个，有鸟用，人家根本不给你正经角色演啊，三五天等一个角色，台词都不定有。"

　　"机会是留给有准备的人，多学一点儿总没坏处。"

　　"唉，怎么说呢，我就是怀才不遇。"说到这里，他突然淫笑了一下，"不怕你笑话，有一阵儿，我特希望哪个导演把我给潜规则了。"

　　话不投机半句多，我没再说什么，毕竟大过年的，争执起来也不好。于是一边吃菜，一边举杯祝他新婚快乐。

　　其实，我未出口的话是——是你自己不努力，说什么怀才不遇。

　　这从来不是一个看脸的社会，确切说，这从来不是一个只看脸的社会，哪怕做一个演员。你只看到了小鲜肉的脸，你没看到小鲜肉为了让你看到他的脸所付出的努力。再通俗一点说，你只看到了台前的光彩亮丽，你没看到幕后的辛勤汗水。在这世上，从来没有任何一个演员可以只靠脸而火爆荧幕，不然，王凯早出来了，张天爱早出来了，何必演几部不温不火的剧，拐那几年弯呢？不要说演员，就算你做平面模特，也要会摆pose不是？

你说自己怀才不遇，空有一张脸，叫什么怀才不遇？要知道，很多时候，怀才不遇不过是懒惰的代名词而已。如果你认为自己怀才不遇，一定是你还不够努力，还没有努力到足以让别人看见你的才华。

02

读高三那年，宿舍里搬来一位学美术的复读生。据说他连续复读了四年，每年都报考中央美院，每年都因英语分数不达标而被刷。和我们在一起的这年，是他第五次复读。

在我的印象中，那一年，整个宿舍时不时都会响起他"怀才不遇"的牢骚声，不管你是在吃东西还是在洗脸，又或者在台灯下看书，他总能把话题扯到高考上，继而再扯到英语上，然后再扯到"怀才不遇"上。日子久了，那个套路，我们比他摸得都清楚。

说心里话，他的专业课真不错，那画画得既写实，又讲究意境，既灵动飘逸，又雄浑壮阔，特色鲜明，风格不拘。考不上大学，我们暗地里也替他叫屈。但叫屈归叫屈，我们总要面对现实，不是吗？现实是什么？现实就是必须好好学英语，考过及格线呀。

他当然清楚，但总是三分钟热度。高三一年下来，他的英语书也不过翻了十几页，甚至十几页都不定有。应该学英语的时间，他都花在"怀才不遇"的控诉上了。结果可想而知，第五年复读，他再次落榜了。

后来，听说他和家人去南方卖馒头了。再后来，某一年我回老家，在县城汽车站旁偶然看到了他，推着一辆煎饼车，热火朝天地卖起了煎饼，看样子生意还不错。他还记得美术曾是自己的至爱吗？他还会生出"怀才不遇"的念头吗？生活的层层磨砺下，怕是顾不得了吧。

那一刻，我突然有些惘然。

在那些年少轻狂的岁月里，我们总以为自己饱读诗书，满腹经纶，我们总以为自己是人群中最独特最优秀的一个，我们总是生活在幻梦里，靠美好的想象庸碌度日，一旦碰壁，我们的反应就是怀才不遇——社会不公，老师没眼光，考试制度陈腐，继而顾影自怜，在自伤自悼中不知不觉挥霍掉大好时光。

我们哪里知道，不努力，根本就没有资格说怀才不遇。

是的，只有踏踏实实努力过，只有一步一个脚印为梦想奋斗过，我们才有资格说怀才不遇。这世上有太多的怀才不遇，不过是不够努力。

已经很努力了？那就再努力一把。

03

来北京工作后，元旦期间，我去顺丰营业点寄快递——给老师买了些礼物，不想碰到了大学校友。

我们之前互不相识，是我填写地址的时候，他叫出了声。或许，北京这边，杭州的毕业生还是比较少吧，何况又是同校的。一时间，大有老乡见老乡的惺惺相惜。

我们足足聊了近一个小时。那一个小时，与其说是聊，不如说是听，他说我听。他说自己本来学的是播音主持，大学期间，不仅在校内，而且在校外主持过不少晚会，还领过不少荣誉证书，本以为毕业后会顺利找到一家电视台入职，谁想到四处碰壁，最终阴差阳错干了快递这行。大有怀才不遇之感。

当听说我找到了理想的工作时，他大叹时运不济。临了，要走了，我背转身去，他还对着我的背影啧啧称羡。

除了安慰他做好本职工作，以后再等机会，我还能说什么呢？

我不会告诉他，研究生三年我过得像个苦行僧。当别人周末逛街的时候，我在写论文，当别人寒暑假出去旅游的时候，我在写论文，甚至当别人过情人节的时候，我打电话告诉当时的女朋友：今年咱们就不过了好吗，我要写论文。

我不会告诉他，研究生在校期间，每一年，每一学期，所有可拿的奖我都拿到了，包括省优秀毕业生和国家奖学金。三年里，几乎每写一篇论文，我都能在一级期刊上发表。毕业前夕，我是唯一一个被学院选中前去竞选经亨颐奖学金的人，全校只有五个名额。

我不会告诉他，即便如此，在找工作这件事上我依然四处碰壁，依然各种被拒绝。我同样会灰心，同样会气馁。唯一的不同只是，在灰心的同时，我依然没有放弃努力，在气馁的同时，我还是告诉自己，再努力一把，下一个单位或许就会敞开大门。

如果我告诉他，我没有时间说什么怀才不遇，只有时间好好努力，他会相信吗？

O4

是的，在这个日益发达的社会，在这个愈加便捷的互联网时代，哪还有什么真正的怀才不遇？如果有，要么是你不够努力，要么是你努力的方向不对，总之，在没有好好努力之前，别忙着谈怀才不遇。

一旦你的努力到达生命的最高点，才华自会喷薄而出，到那一天，想不被遇上，也难了。

事不宜迟，你准备好了吗？

你最大的问题
就是想得太多而做得太少

01

头两天，有妹子给我发来私信，谈及自己的感情问题。

她说自己喜欢上隔壁班一个男生，那男生高高瘦瘦，气质温雅，为人呢，又善良体贴，两人在走廊里遇上了，他总会冲她笑，去食堂打饭，在长长的队伍里碰到他，他也会帮她排队，有一次外出坐公交，她忘记带卡，还是他自告奋勇走上来帮她刷的，还有……

列举完这些甜蜜的小细节，她问我，你说他是不是喜欢我？

我莞尔一笑，回她，你真的想知道？

她说，当然。

我说，很简单，去表白，答应了就是喜欢，不答应就是不喜欢。

妹子或许以为我太敷衍，发来一行长长的省略号就没了下文。想来，作为一个作者，我在她心中的地位也一落千丈了吧。

你是不是也觉得我说了一句废话，没有提供丝毫的建设性意见？恰恰相反，我以为这不是一句废话，它提供了最切实、最有建设性的意见。

最近，很多文章都在向读者传达这么一种观念：如果你不知道他喜不喜欢你，那就是不喜欢你；又或者，暧昧却不表白，其实他并没有那么喜欢你。听上去似乎蛮有道理，但我总觉得，只要你不跨出那一步，只要你不捅破那层窗户纸，你可能永远都不知道他喜不喜欢你。

很可能，你暗恋他的同时，他也在暗恋你，你等他跨出那一步的同时，他也在等你跨。岁月流逝，你兜兜转转未能出口的爱，终于成了无可弥补的遗憾。

就像岩井俊二的《情书》里所描述的那样，当女藤井树终于确知男藤井树爱恋自己的时候，人事杳然，音容不再，一切都回不去了。

不要说什么那只是一部小说，难道生活不比小说更丰富、存在更多可能性吗？

喜欢一个人，就告诉他我喜欢你，而不是思考他喜不喜欢你。

这才是最健康而美好的爱恋。

02

阿彬是我们朋友圈里的"问题先生"，茶余饭后，大家经常打趣说，他就是一部行走的《十万个为什么》。是的，也不知怎么回事儿，和他同龄的，就数他困惑重重、问题多多。

这部《十万个为什么》，月初又在基友群里抛出了问题——究竟是辞职考研好，还是继续工作好？

三五好友一致的意见是——你死了好！

哈哈，这自然是玩笑话。

玩笑一阵，作为好哥们儿，大家还是真诚地回他一句：只要你做的决定，我们都支持。

眼看一个月过去了三分之二，原以为阿彬已经做好了决定，不承想，今天午休的时候，基友群里，他又炸开了锅，什么很痛苦很纠结，什么一会儿想辞职考研追寻自己的理想，一会儿又觉着安逸的工作没什么不好，什么万一考研不顺利工作又丢了怎么办。总之，生活过成了一团乱麻。

面对他的牢骚满腹，阿江终于忍不住了，第一个回复他：你看看自个儿还是个男人吗？整天优柔寡断，跟个怨妇似的。想做啥就去做，苦思冥想一百次，也不如踏踏实实做一次。

可是……

有什么好"可是"的？怕失败，怕走错路？谁不曾经历失败，谁不是摸爬滚打一路走来？关键是，你不试试，咋知道这路是错是对？

阿彬不"可是"了，一瞬间，群里也消停了。

不得不说，阿江道出了我的心里话。辞职考研还是继续工作，究竟哪一个好？这答案不是想出来的，而是做出来的呀。考研到底怎样，你不考一次试试，永远不知道，辞职了会不会有遗憾，你不辞，永远体会不到。

想辞职考研就辞职考研，想继续工作就继续工作，别把时间浪费在二选一上。

03

在写作圈，新人最喜欢问前辈这样的问题：你能传授一些写作方法吗？写什么东西比较好？我没有文才适合写作吗？白天和晚上，哪个时间段写作比较好？甚至，写作过程中需要听音乐吗？听哪方面的音乐？

总之，关于写作的问题他都想到了，他都问过了。但你如果回头问他，写过多少东西，能不能拿来看看？他八成会一脸羞赧，保持沉默。

你不动笔写，准备得再好、想象力再丰富也没用。就算你在脑海中架构了一部鸿篇巨制，波澜壮阔，跌宕起伏，意蕴深远，只要你没有诉诸笔端，就毛用没有，我们不可能剖开你的脑子一探究竟。

还有一些人，刚写了十几篇文章就稳不住了，想出书，开始打听各种出版事宜：哪家宣传做得好，哪家是大公司，哪家印数高，哪家的编辑态度好，一圈打听下来，他甚至都可以去出版公司应聘了。而其实，自个儿连出书的资格都没有。

是不是很可笑？

04

《论语》中有句话叫三思而后行，意为做事谨慎，小心稳妥。其中的典故是，季文子每件事考虑多次才行动，孔子听说了这件事，就说："想两次也就可以了。"

可见，三思而后行，最初就不为人所推崇。

生活中，我们不提倡不经大脑地蛮干、硬闯，但我们也不需要谨小慎微地思量，路就在脚下，你想那么远干吗？就像有句话说的那样，在这个想太多的年代，去做一个果敢的行动派。

很多时候，你之所以没有像别人一样取得成功，道理很简单，就是因为你想太多，而做太少。仿若一场百米赛跑，人家都快冲到终点了，你还在考虑先迈哪一只脚、哪一种奔跑的姿势更优美。

别让思维束缚了你的脚步，请把时间浪费在"做"上，而不是"怎么做"上。

如果坚持有时限，
那就坚持到成功的一天

最近，芒果小姐立志减肥，她的目标是，从现在的80公斤减到50公斤，从万人唾弃的"死肥婆"华丽变身为万人仰慕的"女神"，纵使女神做不了，至少也要成为一枚窈窕淑女，和好逑的君子在杨柳依依的湖边牵手漫步。芒果小姐拳头一挥，斩钉截铁道：我要以亲身经历为"胖子都是潜力股"这句话做证。

芒果小姐为自己制定了长达半年的魔鬼计划，像中学时期列课程表那样，详细具体到一日三餐，什么早晨一片面包一个苹果啦，什么中午半碗米饭一碗蔬菜汤啦，什么晚上一杯豆浆啦，总之，怎么少怎么来。此外，她还将闹钟调到了六点钟，好赶在上班之前跑跑步，周末呢，抽空去附近的健身房健健身，前些日子，刚办了张年卡。

计划如此完美，就等着执行了。最初，芒果小姐像打了鸡血一样，一步一个脚印地往下走，一如雷厉风行的女战士，和身上的脂肪做着殊死斗争。然而，这样的状况维持到第三周，芒果小姐就有些妥协了，她哭丧着一张脸问我：你说，这坚持到什么时候是个头啊？我说：坚持到瘦下来为止啊。她窃笑两声，语带凄凉：恐怕等不到瘦下来我就饿死了。

这话说了没多久，大概一周后吧，我就在小区对过的肯德基看到了大快朵颐的芒果小姐，面前的全家桶里还剩一块原味鸡。看到我，芒果小姐一脸羞赧，呵呵笑道：减肥也需要力气不是？

看吧，这就是大多数人的通病，做一件事，明明是自己坚持不下来，偏偏要找一个冠冕堂皇的理由。没坚持到火候，就喊累，喊苦，一副全世界都欠了自己的样子，涕泪交加地问还要坚持多久。就这点儿毅力，奉劝一句，还是啥也别干，原地踏步比较好。毕竟，原地踏步是这世上最容易坚持的一件事。

头几天，考研成绩发布了，又是几家欢乐几家愁。排除掉一些客观因素，比如天气状况啦，考场环境啦，身体素质啦，等等，你之所以落榜了，没有像别人一样考取自己心仪的学校，最主要的原因还是，你不够坚持。

不管是学校老师还是教育专家，都曾总结过这么一条规律，什么规律呢？考研这条路上，首先淘汰掉那些备考阶段没有坚持下来的人，在这些人里，有的是走马观花看了几天书的，有的是一天书没看，抱着"不能浪费报名费"的心态去裸考的，甚至还有交了报名费也不参加考试的；其次淘汰掉那些被英语吓破胆儿的人——有些人一参加完英语考试，后两场就干脆不来了，"反正英语过不了线，继续考下去有什么意义？"最后，坚持下来的你，就是获胜者。

纵使明白这条规律，还是有人无法坚持。认识一个朋友，他连续参加两次研究生考试，都落榜了，第一次和初试分数线差六分，第二次呢，干脆差了三十九分。每一次备考前他都是信誓旦旦，甚至说出"考不取研究生就去死"这种狠话，但每一次都会在备考途中临阵退缩，止步不前。

记得有一次，正值备考阶段，他邀我去做一天"战友"，我乐得清闲，就去了。整整三节自习课，他玩了两节iPad，第三节上到一半，我收到他发来的一条短信：赵薇的《亲爱的》很火，下课后要不要去看一下？

落榜后，他一面抱怨英语太难，一面向我取经，让我给一些真诚的建议、实用的干货，我都无话可说。是的，有什么好说的呢？坚持不懈很难，半途而废很容易，你选择了容易的这条路，就不要渴望得到难的那条路上的果实。

这世上从来就没有捷径，如果有，那只有坚持不懈这一条。

去年年底，我开始在简书上写文，有些反响不错，被一些大号，像灼见、意林、中国新闻周刊甚至思想聚焦这样的特大号都转过，当然，更多的反响平平，无人问津。但，好在我坚持了下来，迄今写了二十余篇文章，喜欢数六千多，粉丝一千三百多，随之而来的，新浪微博也加了V，认证信息为"简书推荐作者"。

回头想想，当初刚去简书的时候，有一个女孩子经常给我点赞，她也是刚去不久，一天发来简信说，想和我互相关注，我同意了。就这样，我们成了简友。此后，只要对方一有更新，就会第一时间阅读，评论，互相加油打气。但，不知从哪一天起，她的文章再也没有更新过。一时心血来潮，我回头翻了下她ID，五篇文章，是的，只有五篇，阅读数没有一篇破一百的，喜欢数没有一篇破二十的，粉丝数到现在也没有超过五十。

如果哪天她再次回到简书，或者在一些公众号读到了我的文章，定会大吃一惊吧？甚至，抱着瞻仰大神的心态来看我吧？但其实，无论在简书还是在公众号，我都算不上大神，小神也不是，就是一个普普通通、藉藉无名的写作者。唯一的不同的是，我坚持了下来，而她没有——看不到希望，我依然在写，直到写出希望来，而她，看不到希望就放弃了。

头几天，陪跑二十二年的小李子终于修成正果，一举拿下了第八十八届奥斯卡金像奖最佳男主角奖，一时间，这条消息刷爆了微博和朋友圈，赞誉声不断。说明了什么？说明了坚持的力量。众所周知，这次让他获奖的影片是《荒野猎人》，如果他在拍摄《荒野猎人》之前就选择了息影，那么，他一辈子都将和奥斯卡无缘了，如果他在未拍摄《荒野猎人》之时就喊苦喊累，心生倦意，那么，这次的奥斯卡奖杯就只能拱手让人。

多年前看过一条广告，其中的广告词深得我心：其实，所谓追梦，就是在经历一百次失败之后，第一百零一次打火，上路；让信念坚持下去，梦想总会实现。

是的，在这世上想要做成一件事，除了坚持，唯有坚持。如果你想减肥，那就坚持到瘦下来为止；如果你想赚一百万，那就坚持到赚一百万为止；如果你想考北大，那就坚持到考上为止；如果你想当作家，那就坚持到出书为止。不要问坚持多久，如果坚持有时限，那就坚持到成功的一天。

你是不是一边羡慕别人，
一边安于现状？

　　一天晚上，正要睡觉呢，接到高中同学小武的一通电话。

　　"阿良，你知道吗，秃子那狗日的出国啦，考上了国外的研究生！"小武的声音里有一丝揭秘的雀跃。

　　"是吗？"我白天上了一天班，又乏又困，实在提不起精神，有些敷衍。

　　"是美国的一所大学，叫什么加利福尼亚，好像是这个。"小武顿了顿，"好羡慕他啊，我一直都有美国梦，想去美国，在国内待够了。"

　　"唔，那你就努力呗，反正不晚，你才大三，还有一年时间呢。"我鼓励他。

"嗯嗯，我会努力的，既然秃子能出国，相信我也能吧！反正啊，我看到了一线希望，哈哈哈哈哈。"小武的笑声向来魔性，"听说国外的研究生不需要考试，只要递交本科的成绩单——"

"那成，你琢磨一下流程呗，琢磨完了好好努力，我明早要上班，先这样吧。"说完我挂了电话。

小武这孩子向来话痨，一个电话，怎么着也要半个小时，我可扛不住。对了，秃子比他高一级，我们仨之前都是同学，由于各种原因，现在有的上班了，有的还在读书。

转眼，三周就过去了。今早，在朋友圈看到他发了这么一条信息：好麻烦啊，就算考去美国也不定怎样吧，宝宝我还是爱中国爱得深沉哪。后面配了个抠鼻屎的表情。我不无揶揄地回了他一句：你开心就好。

是啊，还能说什么呢？羡慕别人的成绩，又不想努力争取，只好换个角度，自我安慰咯。说起来，生活中很多人都是这样，不知不觉就做了一辈子粉丝，在台下为偶像鼓掌，躲在黑暗的角落里，瞻仰别人的光芒。

同事阿清也是这么一个人。

因为业绩的关系，今年年初很多人都涨了工资，包括和阿清同年入职的人，唯独阿清没有。为什么呢？因为阿清上班经常迟到，老板交给的任务要么完成不了，要么拖拖拉拉才完成，即便完成了，也bug多多，别说涨工资了，被辞退都是分分钟的事儿。

阿清当然意识到了这点，很长一段时间里，不仅朋友圈里发的消息都是"痛改前非重新做人"之类声震屋宇的词，而且私下里和别人聊天，也经常赌咒发誓般一定要行动起来，改变现状，争取明年能涨工资，能提职称，口号一次比一次响亮。偶尔有那么几次，和他外出吃饭，走在路上，身边就像跟了个超级演说家，辞藻丰富，感情充沛，角度新颖，你很难不被打动。

然而，好景不长，阿清又回到了以前的状态。每次上班几乎都迟到，时间在十五分钟到半小时不等，偶尔准时那么一次，还是刚刚好，一秒钟都没浪费。工作呢，也是能拖就拖。上班的时候，大家都争分夺秒全力以赴，就他一脸轻松，闲庭信步地在工作间走来走去，不是泡杯咖啡，就是拿着小点心问这个吃不吃，让那个尝一尝。下班了，大家陆陆续续离开，他才知道着急，抓耳挠腮一通忙。

最近，午间休息的时候大家聚一块儿聊天，阿清又开始了他的老生常谈，羡慕谁谁，说自己一定怎样怎样。和以前不同的是，再没有人搭茬儿了。有什么好搭的呢？说不准哪天就做不成同事了。是啊，大家无所谓，老板能忍吗？

羡慕别人升职加薪，就好好工作，改掉臭毛病，努力提升自己，这不是再简单不过的道理吗？工作都做不好，拿什么脸面去羡慕别人？你不配。

老家有个亲戚A，在县城开了一间蛋糕房，生意那叫一红火。蛋糕酥软又有韧劲儿，甜而不腻，很受顾客欢迎。短短半年间就名声大噪，不要说三里五里、十里八里，连外县的人都慕名而来，好上了这一口。天黑到天明，两口子忙得不亦乐乎。

亲戚B知道了这事儿，羡慕不已，也想开个店。开在哪里呢？A在县城，咱们在乡镇吧。是毗邻学校好，还是小区好？开一间还是两间？做些什么口味？在他们的基础上，咱们要做什么改进和创新？价格要不要便宜一点儿？每次走同一家亲戚，大家伙碰上了，B都在那儿琢磨，一边琢磨一边参考大家意见。同时呢，A也好心好意地在一旁帮着出谋划策。

头两天给老家打电话，偶然听说B外出打工了，还是干他的老本行，卖花生酱，雷打不动，百年不变。为什么呢？B给自己的理由是，首先，开店需要钱，没有足够的钱；其次，就算有了钱，夫妻俩整日为了蛋糕房忙里忙外，孩子谁照顾呀？两边的父母都老了，没那个精气神儿照顾孩子了；再次，万一赔了呢，就这么点儿家底，赔了可不得了……

总之呢，羡慕还是羡慕着，就是安于现状，不行动，并且有一千个安于现状的理由，一万个不行动的借口。

你是不是那个一边羡慕别人一边安于现状的人？

成绩单发下来了，同桌考进了班级前五名，年级前二十名。看着自己惨不忍睹的分数，你羡慕他，发誓下次也要赶上他，甚至超越他。给自己打了两天的鸡血，斗志满满。一周过去了，又回归老样子，早晨赖床，晚上懒得复习功课。

本来一起写作的朋友，突然有那么一天，人家签了出版合同，下个月就要出书了。你羡慕他，痛下决心好好写作，利用一切可以利用的时间，阅读，写作，出去感受生活，积累素材，你甚至给自己列了日程表。然而，一周过去了，两周过去了，你还是没有写出一篇像样的文章来，只是心里干着急。同时自我安慰，一切都是命，自己没天分。

老同学在大城市买了车子，买了房子，短短三五年，职位一再提升，成了部门经理，农村父母也接过去了，跟着享清福。你羡慕他，也想离开穷乡僻壤，在大城市扎根，也想孝敬父母，让他们吃好穿好住好。你思虑良久，夜不能寐，暗暗筹划这条路怎么往下走。半个月过去了，你还是那个你，工作还是那个工作，父母依然在家里吃苦受累，你的羡慕，也只是羡慕而已。

互联网时代是一个英雄辈出的年代，很多时候，我们只消刷刷微博，就能见证一个新星的诞生。他光彩耀眼，他才华横溢，我们羡慕。每晚临睡前，看着满屏的名人语录、励志格言，我们连连转发。一觉醒来，依然朝九晚五，庸碌度日。日复一日，我们就在这样的自我麻醉中度过。

是的，每个人都不同，每个人都独一无二，你不必成为你所羡慕的人，但是，你也没理由做一个安于现状的人。挥别昨日的自己，一点一滴寻求进步，踏踏实实往前走，而不是原地踏步，才是你理应做的事。

去吧，把羡慕化为行动。与其羡慕别人，不如做一个让别人羡慕的人。

永远堵不上别人的嘴，
唯有迈开自己的腿

去年年末递交了年终总结，依照惯例，最近几天，单位主管正逐一找员工话谈。

小莎是今年刚进来的新人，六月份大学毕业，八月份入职，我们公司是她毕业后入职的第一家单位。昨天下午正轮上她话谈。

话谈进行了大约一个半小时，只见小莎沮丧着一张脸，从主管办公室出来了。

"你猜主管跟我谈了些什么？"刚落座，她第一时间就给我发来微信。

"什么？"她大惊小怪惯了，我有些敷衍。

"他竟然说——你写的那些文章我看了，怎么说呢，如果你是一个十二三岁的小孩，那确实写得不错，可是你已经二十多了……"她打字速度飞快，明显看得出气炸了，若不是还没下班，她应该早冲到我这里发泄一通了，"还拿《水浒传》跟我文章比，说什么你看人家写得那个丰富，那一百单八将个个都有自己的性格。"

是的，小莎是一文艺青年，时不时喜欢写点东西，最近做了个公众号，每写一篇文章就发到朋友圈，而主管，正是她的好友之一。说起来，主管素日挺平易近人的，大家也乐得和他交流。不过，这情商的确有点着急，你话谈就话谈呗，毕竟是工作单位，是上下级关系，你就聊些工作当中的事情得了，扯人家私事干什么呀？一边扯一边还指手画脚，搞得自己像个作文比赛的评委，图什么呀！

"你如果觉得不对，听听就算了，犯不着置气。"我安慰她。

"呵呵，他也这么说——你如果觉得我说得对，就按照我的意思来，重新规划自己的人生，如果觉得不对，就当耳旁风听听算了。似乎说出来的话能咽回去一样，什么人啊。"紧接着，她连发几个气愤的表情过来。

"你说他有没有搞错啊，一个学金融的来指导我这个学中文的怎么写文章，真是天大的笑话。"

"他自己写得很好吗？我倒想看看他写得怎么样。说我写得不好，你行你写啊。"

"看来，今天晚饭我也不用吃了，气都气饱了。"

……

我没有再回复。一来，她此刻需要的只是发泄，不是安慰；二来，我马上要下班了，没有时间。

不过，在回去的地铁上，看着满屏的微信，斟酌再三，我给她回了一条——自己没有展露光芒，就别怪他人没有眼光。共勉。

是的，自己没有展露光芒，就别怪他人没有眼光。这是韩寒博客里的一句话。

在某个访谈类节目中，韩寒说起他当年退学的情形。在办公室里，班主任问他，你以后靠什么生存？他说，靠写作啊。一时间，连同班主任在内，所有的老师都笑了。没错，现在韩寒火了，写书、拍电影、赛车，单论一年的收入，恐怕那些笑他的老师几辈子都赚不来。但即便如此，当年的他，依然未能避免被嘲笑的命运。

同样，当王宝强还是北漂一族，只能一天几十块钱演个小角色的时候，老家那些人肯定以为他疯了。一定不乏某些好事者在背后窃笑：哎哟，还想当明星？真是槐树底下做春梦。

在接拍《还珠格格》之前，范冰冰也是一跑龙套的，有时候，几天等不到一个角色，没有钱，每天只能吃一顿饭。如果当年你走在北京的大街小巷，正好看到她瘪着肚子找路边摊，除了觉得这女孩漂亮外，还会想到什么？

莫言荣获诺贝尔文学奖之后，每次我回老家，只要一碰见表哥，他就会拍拍我的肩：兄弟，好好写文章，看看将来能不能跟莫言一样也得个奖。对于大字不识一个的表哥来说，如果莫言不获这个奖，我向他提莫言，给他讲红高粱家族，他一定会不耐烦吧。

当中国还没有淘宝，马云还只是杭师大一个普普通通的学生时，如果他跑出来告诉你：多年后，我将成为国内乃至全亚洲屈指可数的富豪，我将改变大众一直以来的消费模式，你会不会笑掉大牙，甚至建议他去精神病院住两天？

不说名人了，谈谈我自己。那年中考前夕，四叔和我聊天。他笑着说，听你爸说你报考的县一中？别抱希望了，当年你叔我学习那么好，也才考了个二中。我有些讪讪的，什么也没说。不久成绩出来了，我不仅考上了一中，而且还是二榜（当年我们分一、二、三榜）。同样，三年前考研，我一个人在家复习了半年，没参加辅导班，没购买仿真试题，谁相信我会考上呢？接到录取通知书那天，我妈笑着说：我跟你爸啊都没想到你会考上，是你说要考，怕委屈了你，这才让你试一试。

看吧，就是这样。在这个世界上，大家只相信事实，不相信空谈，只相信眼睛看到的、触手可及的，哪怕你正为理想奋斗，同样会有人对着你奋斗的背影窃笑两声，毕竟理想还未实现嘛。只要你还在这个世界上活一天，你就一天免不了被质疑或嘲笑而你要做的，不是对抗质疑，不是抹杀嘲笑，而是分分钟行动起来，做给他看。是的，你永远堵不上别人的嘴，唯有迈开自己的腿。

除却韩寒那句话，我还想告诉小莎：和世上的许多事一样，写作，不分早晚，只要你喜欢，去做便是。村上春树二十九岁开始写小说，三十三岁才认定写作为一生的事业；至于艾丽丝·门罗，三十七岁才出版自己的第一部作品；中国有位作家叫姜淑梅，六十岁开始识字，七十岁动笔写作，还不是一样出了两本书，且好评不断？

重要的是，废话少说，马上去做——语言永远是无力的，是行动推动着你向前走。这不是一个看脸的社会，这是一个看结果的社会，不行动，哪来结果？至于这一路上是顺风还是逆风，又或者嘈杂的耳旁风，当你抵达梦想之地，回过头，不过一笑。

人海

茫茫

，

你是

自己的

掌舵者

。

第三章

人海茫茫，
活出自己的模样

人生导师是
一个伪命题

01

自创建微信公众号以来，每天都能收到一些读者咨询。不乏某些人以"谷老师"相称，态度谦卑，言辞诚恳，似乎我就是一个站在人生的大讲堂上负责解疑答惑的老师，不论碰上什么问题，永远有锦囊妙计相授。说来实在惭愧。

这些问题涉及情感、婚姻、职场、社交等方面，每一个我都认真对待，并尽量给出自己能够想到的最好的解答。阅历有限，但我已然尽力了。

比如，读者A问，马上就要工作了，听说职场人心险恶，我要不要去买一本人际交往方面的书读一读？

我答，个人认为没有必要，将心比心就够了。职场复杂，但不妨碍你做一个单纯的人；人心险恶，你一样可以保持善良——人不犯我我不犯人，没有人会无缘无故去害另一个人。

比如，读者B问，我现在在北京一个亲戚家开的厂子里干活，工作清闲，工资也不低，但我不喜欢这个工作，想回老家学一门手艺，在老家县城里工作，但是，刚开始工资会很低，父母都劝我留在北京，你说我应该怎么选择？

我答，想做什么就去做吧，趁还活着。多和父母沟通，把自己的真实意愿告诉他们，他们应该会理解的。

再如，读者C问，男朋友不喜欢看电影，每次都是我一个人去看，久而久之，我心里就很难过，想和他提分手。如果是你，你怎么做？

我答，兴趣相投确实很重要，至于要不要分手，可以再观察。

认识一朋友，写出的文章几乎每篇都火遍了朋友圈，由此，公众号吸引了大批粉丝。他说，每天仅回答读者问题要花去两个小时。

这是一个急于发问的年代。每个人似乎都走在求医问药的路上——你认为我应该怎么做，而鲜少有人自问——我应该怎么做。其结果就是，问的人越问越迷茫，被问的人，反倒锻炼了逻辑思维能力。

你要知道，人生是自己的，人生路要自己去走，别人能给你的，永远都只是建议，而不是主意。人海茫茫，你是自己的掌舵者。

O2

有一天晚上，看着微信里收到的各种订阅号文章，突然感到一种无来由的倦意，既有疲倦，也有厌倦。

每个人都在传递自己的价值观，每个人都在试图给别人讲道理，闹哄哄的，吵嚷嚷的，像一个始终静不下来的会议室。人际交往中，你应该明白这些道理；掌握这几项技能，保你在职场中如鱼得水；提高情商，你不得不读这几本书；爱对了人，是一种什么体验；想成功，你至少应该具备以下几种素质等等，总之，就是自己很牛，别人很low，一副好为人师的嘴脸，要多讨厌有多讨厌。

随后，我将这种感受告诉了两个朋友。一个说，没办法啊，咱们写的就是这类文章。另一个说，其实，故事和小说也在传递作者的价值观，只是形式不同而已。

我同意朋友的观点。只是，那晚过后，再提笔写文，我越来越谨慎了。作为自媒体作者，我突然感觉到一种沉甸甸的责任。虽然我读者不多，但每写一篇文章，都要对他们负责。不能只为追求阅读量，就取一个博人眼球的题目，不能只为追求点赞数，就开始毁"三观"，不能只为激起读者打开的欲望，就使用"必须"或"不得不"之类的字眼。在这个讲究粉丝经济的时代，给自己保留一份写作的初心，很有必要。

说到底，所有文章都不过是作者的一己之见，而有些年轻读者却将它们当作教科书一样看待，这是很可怕的。

基于此，前天中午我收到这么一条留言，突然就感到很开心。

她说，你文章里讲要勤奋，不要懒惰，可是，人生苦短，干吗把大好时光浪费在勤奋上面？

是的，每个人都有每个人的活法。在不违法犯罪不损害他人利益的前提下，我尊重每一种生活方式，理解每一种价值选择。谁也不比谁更高明，谁也不必在谁面前秀优越。一篇文章而已，看看就算。它可以激励你更好地生活，我感到很欣慰，不能激励你更好地生活，但引发了你对生活的不同思考，我同样感到很欣慰。

"三人行，必有我师"传达的是一种谦虚好学的态度，而不是人生路上我要找一个老师。人生导师是一个伪命题，没有人可以做你人生的导师，除了你自己。

03

我是在农村长大的，村里的长辈教育晚辈的时候，总喜欢语重心长地说：不听老人言，吃亏在眼前。意思就是，小子，我是过来人，你要听我的，没有我的指导，你的人生恐怕要走弯路。

生活中，我们遇见的"过来人"还少吗？

当我们高考填志愿的时候，过来人说，选专业，你不要看喜不喜欢，而要看热不热门；选大学，千万避开北上广，竞争压力大，毕业工作了，生活压力也大。

当我们到了谈婚论嫁的年龄，过来人说，你别挑了，没有什么爱不爱的，不就是两个人过日子吗？以后你就明白了。

甚至在一些小事上也少不了过来人的影子。当我们去商场买件衣服时，过来人说，我买过他家的衣服，花里胡哨的，不好看。当我们在网上淘了一本书，过来人说，他的书都是小白文，没什么可看的。当我们决定外出旅行时，又有过来人善意指点，某某景区一定不要去，不值得。

过来人的经验之谈，你要不要听？可以听，但要有选择地听。

也许我们要到达的是同一个目的地，但我们是完全不同的两个人，你想节约时间，选择坐飞机，而我喜欢看窗外的风景，选择了火车，甚至步行，有错吗？没有对错，只是个人选择。你不能说我浪费时间，而我也无权说你急功近利。

就像柴静的《看见》里，有一句话是这么说的：不管任何人，你去告诉别人应该怎么样，这就是错的方式。

而《解忧杂货店》里，望着一封封的咨询信，雄治说，我的回答之所以发挥了作用，原因不是别的，是他们自己很努力，如果自己不想积极认真地生活，不管得到什么样的回答都没用。

这世上不存在所谓的人生导师，你无须寻觅人生导师，亦不要自诩人生导师。在你的人生路上，唯有你才是自己的导师，才配做自己的导师，这位置，非你莫属。

你是大人了，
别总把自己当小孩子

01

因为同样喜欢阅读，在豆瓣小组认识了一位朋友，闲暇时间，彼此交流读书心得，颇谈得来。

他在南方某高校读大四，毕业在即，工作还没有着落。半个月以前，他还在向我大倒苦水，说什么自己喜欢的岗位都被别人抢了去，不喜欢的呢，又实在不喜欢。言犹在耳，今天刷朋友圈，就看到他晒了很多张在大理旅游的美照。

想来，工作一定落实了吧。我第一时间给他留言，表示祝贺。没想到，他的回复竟是，被找工作的事烦透了，索性出来散散心。

如果他是家境殷实的富二代，或者有权有势的官二代，我倒不好说什么了，关键是，他出身农村，家庭条件很不好，自己读大学的费用都是父母拼死拼活打工，外加七大姑八大姨凑出来的。拿着这样得来的钱出去旅游散心，到底是怎么想的？有什么脸面？

我说你赶紧回来吧，先找个工作干着，等有机会了，再选择自己喜欢的。

他自以为很幽默地回复我：宝宝心里很苦，宝宝不说。

是的，不知从何时起，网络上出现了很多"宝宝"，而且，以"宝宝"自居的大多是成年人。当然了，这不过是一种说话方式，萌萌的，俏皮可爱，无可厚非。但，怕的是，有人真把自己当宝宝，不知道体谅父母，不懂得规划未来，做任何事都由着自己的性子来。

你是大人了，别总把自己当小孩子，你要学着对自己的人生负责。我回复他。

或许，他第一次看到我这么严肃，直到写这篇文章为止，都没见他再说什么。

O2

有一位远房亲戚，这两年，为自己的儿子愁坏了。

男孩子叫小威，从辈分上讲，他该叫我一声叔。像许多农村的孩子一样，他书没念好，七八年前就出来打工了。今年二十六七岁，没有积蓄，没有女朋友，日子呢，当一天和尚撞一天钟，得过且过。

不知道攒钱，所有的钱都花在网络游戏上，十年如一日地穿着同一件衣服，吃饭也草草果腹。上班的时候上班，下了班就是游戏时间，躺在床上，翘着腿，一边抽烟，一边玩游戏。在他的脑海里，完全没有"未来"这个概念。整个状态看上去，全然就是一个玩世不恭的中学生。

因为同样在北京，有时候，他会找我蹭饭吃。你没有钱，我可以体谅，但你起码的礼貌应该有吧？但他没有。我一个人在厨房忙，洗菜、切菜、炒菜、煲汤，他一个人在客厅拿着刚买的iPad看电影，还不时发出阵阵笑声。菜做好了，汤盛上了，他依然一动不动，不知道擦桌子，不知道搬椅子，似乎就等着把筷子递他手上了。

有时候我实在忍不住了，会跟他半开玩笑地说，小威啊，你看你，就知道玩，也不帮帮忙。

他嘻嘻一笑，言语间特理直气壮，叔啊，咱俩有啥好客气的，作为长辈，你不就应该惯着点儿我吗？

我也只能回以微笑，不置可否。

我惯着你，社会可不会惯着你。明明是一个大人了，却偏偏保留着小孩子的依赖型人格，漫漫人生路，只会越跌越重。自己不为未来考虑，长此以往，也就真的没有未来了。

03

大学室友阿川，是我们班乃至整个学院出了名的耿直boy，说好听点叫童言无忌，叫真性情，说难听了叫口无遮拦。大学四年，我们仨可没少为他收拾烂摊子。

最记得有一年外出秋游，在某著名景点处，一家五口人正在轮番拍照，一个拍完了，换另一个，另一个拍完了，再换一个，这身衣服拍过了，从包里翻出另一身换上再拍，单人拍完了，双人拍，双人拍完了，三个人拍……

是的，不得不说，从未见过拍个照那么兴师动众的。我们仨只当乐子看，阿川却按捺不住了，在我们尚未察觉之时，冲上去，指着他们说，你们拍够了没有？再拍也是那个样，看不到吗？后面那么多人等着。

听了这话，手拿相机的女主人转身对阿川冷笑了一声，哟，再拍是啥样？这景点是你家的吗？我们爱拍多久拍多久。

阿川还想争辩，我们赶紧拦住了他，一边向这家人道歉——对不住了，是我们不对，你们接着拍一边往外走。

走出景点大门，阿川还在埋怨我们：你们别拦着，我好好跟她理论理论，不就轮到咱们了吗？

阿川的小孩子脾性不是一日养成的，作为家里的独生子，养尊处优的日子过惯了，受不得半点委屈，看不得半点不公正。但是，你毕竟是个大人了，学会管理自己的情绪，是成长的第一步。

你要知道，"退一步海阔天空，让三分心平气和"不仅仅是一幅挂在墙上的标语，你所有因为心直口快犯下的错，都要让别人来弥补；你每闯一次祸，都要有另外一个人帮你擦屁股。

04

在这个世界上，很多人的成长，只是长在年龄上，而不是长在心理上。看上去是一个成熟的大人了，其实还是个懵懂无知的孩子。

　　不懂得体谅父母的辛苦，不懂得为人处世的基本道理，不懂得为自己规划未来，日复一日，过着温水煮青蛙的生活。

　　如果你不对自己的人生负责，那么，谁也为你负不起这个责。

　　总有那么一天，老之将至，满头银发的你独守空房，除了孤独，什么也没有。

　　亲爱的，这是你所希冀的未来吗？

你就是太把
自个儿当回事了

　　大概三个月以前，P小姐失恋了。每逢周末，大家伙一道出来聚会，打电话约她，她总推掉。失恋嘛，总要痛苦上一阵子，可以理解。

　　然而，三个月过去了，她依然未从失恋的阴影里走出来。这样不行呀，你又不是跟那儿演电视剧，就算演电视剧，谁也受不了三集五集都是女主角一个人关起门以泪洗面呀，总要有个转折不是？所以，我们几个好基友纷纷打电话过去劝慰。

　　轮到我的时候，前面已经损失了五员大将，一瞬间，我顿感肩上的担子千斤重。鼓起勇气打过去，电话通了。电话一通，耳朵边就响起一阵摧枯拉朽的咆哮声，我下意识拿开手机，开了免提。

你们爱去哪儿玩去哪儿玩，老娘没心情！隔着电话，我都能脑补出小P白眼的翻动频率。

为什么没心情啊？不就是失个恋嘛，还能把我们女神给绊倒了？见势，我赶紧拍拍马屁。

不是失恋的问题，那事儿早过去了，我只是怕被虐呀，单身狗一条，去逛街？去看电影？去吃火锅？您老别开玩笑了。

你这说的是哪里话！照你这种说法，单身狗就不能出去了？就活该闷死在家里？听她那语气，知道贫，就没什么大事，我心里舒坦了些。

你是不是又要开启鸡汤模式了？拜托，我消化不了。那什么，你们该干吗干吗去，我没事。说完，她就撂了电话。

是的，让大家失望了，我同样败下阵来。

其实，像P小姐这种情况并非孤例。伴随"单身狗"一词的出现，"秀恩爱"也出现在了人们的字典里，又或者，秀恩爱的多了，人们才发明了单身狗这个种族。总之呢，在很多人的观念里，你作为一个单身狗就注定了要被虐，被虐是你的命运，识相一点，你要认命。

怎么个认命法呢？简单来说就是，哪里热闹你不要去哪里。电影院？别搞笑了，你坐下来，周围都是情侣，一桶爆米花喂过来喂过去，一杯可乐你一口我一口；KTV？人家都是成群结队，这个唱歌，那个切歌，倒茶水的倒茶水，嗑瓜子儿的嗑瓜子儿，你一个人过去唱苦情歌唱到天亮吗？逛街？更甭提了，人家都是男朋友傍身，提着大包小包，扮演着移动取款机，你有什么脸面跑过去，那里没有你的戏份呀。

你看，在这个世界上，一个不小心，单身狗们就会受到一万点伤害。

事实果真如此吗？怎么会！与其说别人秀恩爱，不如说你秀伤害。说到底，你就是太把自个儿当回事了，人家没那么闲，非要跟你面前秀。在别人的爱情故事里，甭说十八线角色，你连客串也算不上呀。你就是一个路人，行走在自己的世界里。

这边，人家还没看到你呢，那边，你就被所谓的目光杀死了，你是不是有病？

来北京后认识了一个好基友，小白。在交朋友这件事上，他走的是人生导师路线，"切记""千万别""一定要注意"等等是他的口头禅。可以说，他对你的谆谆教诲，覆盖了生活的林林总总、方方面面。

甚至包括发朋友圈这种事。嗯，一如他的名字，他的朋友圈是白的，也就是从来不发，跟他不太熟的人，如果加了他好友，一定以为自己被屏蔽了。其实不然，他只是慎重，对，用他的话说就是，慎重。

彼此认识之后，他一直试图将自己的"慎重观"传达给我。

小白的陈词是这样的：朋友圈就是一个社会呀，鱼龙混杂，有老师，有领导，有同事，有同学，有朋友，有一面之缘的路人，你一个消息发错，就可能酿成无法挽回的后果呀。比如你发几张外出旅游的照片，一面之缘的路人可能就会想，呵呵，谁没旅过游似的，这家伙原来就会装逼；比如你发一条"今儿忙了一天，累死老子了，洗洗睡吧"，领导可能就会想，这什么员工呀，吃苦耐劳的精神都没有；比如你发一个在高级餐厅吃饭的小视频，同事可能就会想，他怎么吃得起，是不是领导偷偷给他塞钱了？比如……

我打断了他，那你不会分类屏蔽吗？

他说，分类屏蔽是有bug的呀，你不知道吗？后来再加进来的人，会看到之前发过的所有消息的，谁知道后来加进来的是什么身份呀，万一是老师，看到了不该给老师看的；万一是同学，看到了不该给同学看的；万一是朋友，看到了不该给朋友看的……

我在他一系列的"万一"里，蒙了。

你是有多重要啊？发个朋友圈都能搞出那么大阵势，跟哪吒闹海似的。就算你想闹海，也要先照照镜子，看看自个儿是不是哪吒吧？又或者，你以为自己正当红，是《上瘾》里的黄景瑜还是《太阳的后裔》里的宋仲基，一举一动都被狗仔跟拍，必须口罩加黑超全副武装？

大哥，你不是，都不是。在我们平凡的人生里，发个朋友圈算什么事，谁有心情天天盯着你发什么？在别人的世界里，你一点儿都不重要。你怕别人看见，怕别人猜想，人家兴许嫌你聒噪，早屏蔽了你都说不定。

想起我刚入职场的那段日子，那个状态，真叫一个惴惴不安。因为，老师说过呀，工作跟读书不一样，你要谨言慎行；父母说过呀，社会跟学校不一样，你要察言观色。最后，搞得我自己在脑海里上演了一场《甄嬛传》。

那个靠窗的男同事从来没跟我说过话哎，是不是憋着大招儿要害我呀？那个前台的女同事，每天都不对我笑，木着一张脸，是不是打算向领导打我小报告？那个清洁工阿姨，两三天才给我擦一次桌子，是不是……

我这边草人都准备好了，就等着时机一到扎下去了。一周过去了，风平浪静，一个月过去了，风平浪静，大半年过去了，依然风平浪静。

咦，不对呀。

后来我才明白，大家都很忙，一天八九个小时，工作塞得满满的，谁有工夫注意你？没有。你想被陷害，也要看看自己有没有那个资本。都是北漂一族，都在苦兮兮地养家糊口，谁也别把谁太当一回事儿。

在当今这个时代，经常有人哀叹活得累，尤其是在大城市打拼的年轻人，前怕狼后怕虎的，把自己的日子过得小心翼翼。不知你有没有想过，在人际交往中，你是不是太把自个儿当回事了？你以为全世界都在看着你，其实，全世界的眼里都不一定有你。很多时候，你之所以累，就是因为你扮演了自己的假想敌，自导自演了一场戏。

人生啊，说到底不过是一日三餐，吃喝拉撒睡，哪有那么多的小九九供你解读？没有。大家都在勤勤恳恳地过生活，你也勤勤恳恳地去过就是了。是的，你要记得扮演自己生活的主角，而不是去别人的生活里寻找存在感。

正所谓，世上本无事，庸人自扰之，就是这个道理。

你一无所有，
还怕什么？

　　收到一个读者留言，说自己正读大四，时值找工作之际，同学们一个个实习的实习，跑人才市场的跑人才市场，唯独自己战战兢兢，不敢走出一步。因为在校期间她成绩不好，大大小小的奖学金一次也没获过，学生干部也没做过，甚至连英语四级证书都没有拿到。主观条件不好，客观条件呢，家里也没有有权有势的人，想走个后门都没办法。她最后总结道，自己一无所有，觉得世界末日就要来了，害怕得要死。

　　在我们的生活中，像这样的人实在不少，平时不好好用功，临到关键时刻又怕得要死。怕有用吗？没有，还不是一样要硬着头皮往前闯？是的，除了努力奋斗，这个世界不会为任何人开设绿色通道。

即便你前期没有努力奋斗，导致你现在一无所有，也无须害怕，甚至可以说，正因为你一无所有才不需要害怕。比起那些什么都有的人，你应该更坦荡——努力奋斗一番，最差的结果还是一无所有哪怕有一点点的进步，都是进步啊。人生已经跌入谷底，没有更底的谷好跌，接下来唯有往上爬。相反，如果你整日坐在底谷嗟叹，而不想想怎么往上爬，那你就只能一辈子待在谷底了。

去年，我们公司同时进来两个人，W和小K。W是一位妹子，大学学的是旅游管理，由于长相甜美，被领导安排做了前台；小K是一位汉子，大学学的是汉语言文学，文章写得不错，领导想着培养培养，假以时日，或许能写写财经评论什么的，但现在为时尚早，就让他先做一段时间的基础工作，就是上网发布发布信息之类的，熟悉一下。

是的，我们公司是经济类的，就专业而言，两位新人可以说八竿子打不着，属于一无所有的状态。但一年过去，W从前台换到了技术岗，并在年终评比中，高票获得了新人奖，而小K，依然在做着随时可以被取代的基础工作。

为什么？简单说，是因为W把所有的时间都花在了如何提高自己的能力上，更快地往上爬，而小K呢，则将所有的时间都用在了顾影自怜上，坐在人生的谷底唉声叹气，郁郁终日。

一年里，我们每位员工都见证了一个朝气蓬勃的W。她永远是那个来单位最早、离开单位最晚的人，勤奋程度之高，连单位的清洁阿姨都经常向她竖大拇指；她一面端庄礼貌地做好前台工作，向每一位到访的客人展露合宜的微笑，一面利用一切可用的时间向其他同事讨教取经，熟悉其他岗位的流程，同时买来厚厚的专业书进行系统的研究；她不卑不亢，对领导礼貌有加，但绝不攀附，和同事友好相处，却从不搞小圈子。

而小K，我们能够看到的，除了他的抱怨，还是抱怨。抱怨什么呢？他学的不是经济，没有其他同事专业有前途，再努力也赶不上别人十分之一；他既不是总编的侄子，也不是主任的外甥，再勤奋也升不到高位；甚至连他不是北京人也成了抱怨的点，不是北京人，没有北京户口，以后买房贵，孩子教育也是问题。

所谓一分耕耘一分收获，这话永远没错。你一无所有，只要努力，慢慢总会有。日积月累，积少成多，丰硕的果实定会在前方等待你采摘。而你放弃努力，一味抱怨一无所有，一味因一无所有而恐惧，到最后，不仅两手空空，还得不到别人的尊重。

是的，在这世上，没有人会喜欢一个不思进取、牢骚满腹的人，而一个积极向上、时刻充满正能量的人，才会为人称道。对于小K，久而久之，除了礼貌性的寒暄以外，大家都不再愿意与之交流了，而W，却渐渐成了单位里人见人爱的一枝花，不管谁，都想走过来嗅一嗅。

之前在出版社实习的时候，有一个同事，看上去更是一无所长，前途渺茫。怎么讲呢？他大学所读专业是心理学，而我们所负责的部门是中国文学编辑中心，大家的学历不是硕士就是博士，只有他一个本科生。或许你会问，那他是怎么被招进来的？是不是有黑幕？社长是他表舅还是堂叔？不，他就是通过专业考试按照正常渠道进来的，当年一共招了五个人，他是第三名，可想而知他为此次考试下了多大功夫。

杭州消费水平虽然比不上北上广，但也很高了，可以说，仅次于北上广。他家里穷，穷到什么程度呢？一天只吃两顿饭，午饭在单位食堂吃，免费，晚饭不免费了，就自己回宿舍煮碗面条，买点酱菜拌着吃。衣服就是简简单单的两身，有个替换的而已。

有一次，他在网上淘了一条裤子，二十九块钱。寄到单位的时候，大家纷纷跑去围观，甚至有同事扯着裤腿连连感叹：便宜，便宜，真便宜，像看了场小品一样。望着他羞赧的表情，众人都笑了。在这笑声里，某些人一定不乏揶揄的意味吧。

但他从不以此为耻，而是专注于工作，兢兢业业地做事。实习期间，作为前辈，他指导了我好多。是的，虽然他专业是心理学，但文学方面的知识丝毫不输于我。我用的编辑手册是他给的，上面密密麻麻地做着笔记，只要有空白的地方，都被他一笔一画填满了。他负责的虽是编辑岗，却经常为书籍的插图和装帧出谋划策，抓住一切机会提升自己的技能。

两年过去了，我没有留在出版社，离开杭州来了北京。头几天，在微信上和他聊天才知道，他已经通过了中级编辑职称考试，意味着可以在责任编辑一栏标上自己的名字了。而且，他还买了一辆车，逢上节假日，就会带上父母在杭州城转转，游西湖，逛古镇，在古韵悠悠的灵隐寺颐养心神。

我打趣他：刚毕业那几年一无所有，对未来不会恐慌吗？

他哈哈笑着回复：恐慌有什么用？一无所有？没有谁生下来是什么都有的，任何东西都是从无到有的。

那一刻，我不禁对他肃然起敬。是的，我们每个人都是赤条条地来这人世间的，起初，我们谁不是一无所有？既然一无所有，我们就要拿出初生牛犊不怕虎的精神来，去闯，去干，去风风火火历练一番。我们一无所有，但我们有好奇心，有探险精神，这比什么都强。

　　不瞒你说，和很多人一样，对于网络红人凤姐，最初我也是持着鄙视态度的，对她的一言一行深恶痛绝。是的，她有太多可被人鄙视的点了：首先，丑，在全国所有丑女里面，即便排不上第一，也是拔尖的；矮，一米四几的身高，一头扎在女生堆里也是看不见影儿；不要脸，在人来人往的大街上发征婚传单；极端自傲，自诩诗人，经常语出惊人，等等。

　　但，就是这样一个一无是处的人，在网友的痛骂声中成长起来了。一个人在美国自力更生，做过洗脚妹，做过美甲工。是的，看起来都是卑贱低下的工作，但好歹出国了呀，好歹自力更生了呀，再说，这些工作在美国人眼里不见得卑贱呀。有多少骂凤姐的人，一辈子或许都到不了美国，一辈子或许都在做啃老族。去年七月，凤姐被凤凰新闻客户端邀请做了签约主笔，这件事，如果说单单为了炒作，讲得通吗？

说到底，凤姐让我佩服的并非她迄今所获得的这些成绩，而是她身上那种混不吝的自信，那种"老娘就是一无所有，那又怎样"的自信。面对网友的谩骂甚至人身攻击，她回应过什么吗？她表露过丝毫伤心吗？她怕过谁吗？没有，依然我行我素，一副屌爆了的女王范儿。

　　从某种意义上讲，凤姐的一言一行告诉我们，自信，其实属于每一个人。作为一个人，不管你功成名就还是平凡如路人甲，又或者身处人生的低潮，是个实打实的loser，都要自信。尤其是后者，更要自信。你一无所有，自信便是你唯一的选择。

　　俗语有云，愣的怕横的，横的怕不要命的。是的，你一无所有，还怕什么？

会吃的人，
才会生活

01

不知为何，我天生对吃货有一种亲切感。

朋友圈里，我最喜欢看的，就是吃货晒美食。

慵懒的夏日午后，一个人喝着咖啡，吃着形状各异的小点心，眉毛轻扬，红唇微启，那一刻，有一种说不出的对生活的珍视。

夜色昏蒙，灰黄的路灯下，三五好友一面撸串儿，一面喝着扎啤，嘴边的食物残迹和杯子里升腾的泡沫，无不彰显着对生活的热忱。

就连一个小家庭的早餐，黄澄澄的油条和纯白的豆浆，在阳光的照耀下，都有一种暖融融的安谧和温馨，透露出一家人对生活的挚爱。

食物是一个人的内心映照。在物质条件允许的情况下，一个经常草草果腹的人，多半对生活也没什么乐趣，而一个有选择性地流连在各色美食间的人，骨子里定然是热爱生活的。民以食为天，热爱美食，你头顶的天空才绚烂。

某种程度上说，你对食物的态度，就是你对生活的态度，会吃的人，才会生活。

02

在我为数不多的好友里面，小夏是出了名的吃货，无论处于何种境地，她从不在食物上委屈自己。用她的话说，作为一个女生，可以素面朝天不买化妆品，可以一整年不逛商场不淘宝，就是不能不吃好东西。曾有一度，她的微信签名都是这样的："美食就是生命，我怎能弃之不顾。"

犹记得两年前的一个夏天，当时我还在杭州，而远在云南的小夏刚刚结束答辩。毕业在即，分外轻松，她心念一动，就千里迢迢撒丫子赶了过来，打算会一会杭州的美食，顺道和我碰碰头。

是你自己不努力,
说什么怀才不遇

Shi ni zi ji bu nu li,
shuo shen mo huai cai bu yu

不是你自己
不够努力

你说什么
才不遇

小夏在杭州待了三天。三天里我们吃过的美食，比我三年吃过的都多。作为一个宅男，在小夏的带领下，许多美食街，我都是第一次踏足。

　　印象最深的一次是我们去河坊街的那晚。整整一条美食街，我们从头吃到尾，定胜糕、葱包桧、臭豆腐、油酥饼、叫花鸡，以及各种忘记了名字的肉串。吃到后来，我们四目相对，连连打着饱嗝，就连夜色中的影子都有些踉踉跄跄，不得不相互扶持着走往地铁站。

　　那是第一次，我恍惚觉得，除了美酒，美食也可以醉人。四下里一望，皎洁月色下，每个人都像漂浮在海上。

　　今年三月份，小夏失恋了。虽然伤心难免，但她依然没放弃对美食的热爱。没心情逛街，就自己下载了相关APP，亲自跑去菜场购买新鲜食材，一餐一个花样地做着吃。那段时间，经常能看到她在朋友圈里晒成果，不是皮蛋粥就是水煮鱼，甚至专门买了面包机烤面包。

　　食物是有治愈功能的。随着厨艺的长进，小夏的心情也一天比一天好起来，很快，她又重拾起对爱情的信心与勇气。

03

五叔是我们整个大家庭里最懂美食的一个，他乐意吃，也喜欢做。

每天饮二两烧酒，就着自己炸的花生米或者腌制的鸡爪，是他多年来雷打不动的习惯。是的，这些都是最凡俗的食物，但只要经了他的手，都会大放异彩，成为世间的极致美味。他从未系统学过厨艺，但却摸索出了自己的一套秘方，经年累月，做得越来越娴熟。

制作美食的过程，就是参与生活的过程，享受生活的过程。可以说，每一个小环节里，无不包蕴着五叔的生命哲学。每每下班归来，当他坐在院子里的石桌旁，伴着收音机里时不时飘出的抑扬顿挫的评书声，一点一点品着自己作品的时候，别提多美了。那一刻，整个人似乎进入了另一个世界，而人生也仿佛抵达了圆满。

由于厨艺精湛，逢年过节，但凡宾客临门都是五叔掌勺，我们打打下手。所谓打下手，不外乎洗碗、端盘子、擦桌子，菜肴的搭配与烧制，我们是万万碰不得的。红烧肉要放几勺糖，肉蔻要放几个，白煮大虾的蒜汁怎么调，乃至腐竹如何浸泡，浸泡多久，都有精细的讲究，含糊不得。每年的餐桌上，第一个话题往往都是五叔的厨艺，宾客们纷纷夹起菜肴，啧啧称赞。

我们常说，人与人之间要以诚相待，将心比心，而亲手烹制一桌美食款待友人，就是我们所能表达的最淳朴的心意。一如杜甫《赠卫八处士》里的那句诗："夜雨剪春韭，新炊间黄粱。"一个爱美食的人，人缘多半也差不到哪儿去。

04

幼年寄住在外婆家，那时农村穷，吃不起大鱼大肉，却吃到了许多其他的美味。

其中，有一样是荠菜鸡蛋饺子。春天到，荠菜香，儿时的每一个春天，几乎都会和外婆去田里挖荠菜，外婆采挖，我一棵棵放进随身携带的竹篮里，燕雀啁啾，微风拂面，好不惬意。回到家，再从鸡窝里掏出新鲜的依然散发着余温的蛋，菜洗净，蛋打好，就可以做一餐美味了。

那是我对美食最初的记忆，也是第一次脑海里有了"大自然"这个概念。美食的获取过程让我发现，原来我们生活在一个动植物群居的世界，那种感觉分外美妙。

五月一到，槐花就开了，这意味着吃槐花饼和蒸槐花的时机来临了。最记得采摘槐花的情景，只需想一想就可以美到骨头里。外公将镰刀绑在木棍上，然后举着木棍在高高的槐树上轻轻切割，我呢，则跑到槐树下观看，不多时，洁白芬芳的花朵就纷纷扬扬地落了满地。

多年后，我依然常常做着槐花梦，梦里淋着槐花雨。

七月中下旬，西瓜大量上市，外婆又开始做起了西瓜酱。这时候的西瓜酱，一吃就吃到了隆冬时节。白雪皑皑的清晨，盛上半碟西瓜酱，就着酱喝下一碗热乎乎的小米粥，真是人间一大乐事。

是的，在我童年的记忆里，美食是和大自然密不可分的，美食拉近了我与这个世界的距离。那些年，我一直觉得，生命里的每一刻，都被这个世界温暖相拥。

05

汪曾祺有本书是专门谈吃的，名字就叫《汪曾祺谈吃》，比起作品本身，我更欣赏他谈吃的精神。

闲暇时光，他喜欢流连于菜场，观察鲜嫩的菜蔬、欢腾的禽类和鱼虾，那一种沐浴在人间烟火里的情趣，体现在一个成年人身上，非常可贵。

他是作家，更是生活家。

是的，活在这世上，你不必掌握太多技能，但你一定要会吃。

会吃，吃的不仅仅是一种美食，更是一种情怀，一种对待生活的态度，这对长期居住在钢铁丛林里的人来说尤为重要。巨大的生活压力下，每个人都极易滋生负能量，孤独、迷茫乃至幻灭，每一天，都有人因纾解不了的抑郁离开这个世界美食是一剂良药，爱上美食，你就能在这个日渐萎靡的社会，活成一个朝气蓬勃的人。

一个会吃的人，一定对这个世界充满了兴趣；一个会吃的人，才懂得从一粒米中品尝生命的意义；一个会吃的人才会生活，而不仅仅是活着。

请别站在
你的角度为我好，
谢谢

上午妈妈打来电话，嘘寒问暖之后，就直奔主题。

"你大爷想给你介绍个对象……"

"我不和老家的处。"我赶紧打断她。

"老家的不假，但人家在北京工作，也是大学生……"她赶紧解释。

"妈，给你说过多少次了，这两年我不考虑对象的事。"我无奈道。

"你看你两个堂弟都结婚了，你表弟的孩子都两岁了，你到底啥时候考虑啊？"

"四十岁吧，四十岁如果我还没实现自己的理想，就老老实实过日子。"听她语气不妙，我只好丢过去一个年龄。

"四十岁？你妈我都疯了！"她又上演苦肉计，"你不知道，我现在一出门，看到那些做奶奶的，都怕人家问。你一天不娶上媳妇，在村里，我一天抬不起头来。"

"抬不起头，就低着呗。"我和她打趣。

"儿子啊，你妈可都是为你好，你眼见着快三十啦，现如今男多女少，再停两年，二婚的你都不定娶得上啊。"

"为我好为我好，你了解我吗？你知道我想要什么样的生活吗？"一时间，我有点儿来气了。

"当妈的活着，不就是盼着孩子成家立业吗？"她据理力争。

"妈，你到底是希望我幸福，还是希望我看上去幸福？"我打算跟她好好聊聊。

"这两者有区别吗？你少跟我扯那些人生啊什么的大道理。你妈没文化，但你妈知道一条，到了结婚的年龄就该结婚。"她顿了顿，"我之所以叨叨你，那是因为你是我儿子，别人的儿子让我叨叨我都不愿意。我就你这么一儿子，你妈不为谁好，也得为你好啊。"

"妈，这事啊，咱们一时半会谈不拢，我去做饭了，下午还要上班。"没等她反应我就挂了。

是的，每周总有那么几次这样的谈话，我都习惯了。习惯归习惯，心情未免受了影响。中午炒菜的时候，手一抖，盐放多了，本来要做酸辣土豆丝，这下只好添些水，改做酸辣土豆丝汤了。

在中国，每一条单身狗背后都有一位催婚的妈妈吧？以"为你好"的名义，年年月月在你耳边絮叨，你一天不嫁人，一天不娶妻，这债就一天还不了。有时候按捺不住，我甚至说过"你那么想儿媳妇你自己去娶啊，你那么想孙子你自己去生啊"之类的话，我妈通常都会回一句"傻孩子"，然后就不说话了。她一定也难过吧，为我不能理解她的良苦用心，可我能怎么做呢？在她的逼迫下，随随便便找个人娶了，再随随便便生个娃，把自己的一辈子随随便便交代了？

我还不想那么早结婚啊。因为结婚是排在恋爱后面的，而恋爱是要讲缘分的。或许别人可以为了合适而结婚，为了年龄而结婚，为了孝道而结婚，但那是别人，不是我。抱歉，生而为人，我有我的人生。

我妈怎会明白呢？她只明白为我好，一颗心掏出来为我好。看别人家孩子找工作了，催催自己的孩子找工作，看别人家孩子结婚了，催催自己的孩子结婚，看别人家孩子生娃了，催催自己的孩子生娃。总之，别人怎么过咱们怎么过，什么年龄过什么年龄的生活。这就是她理解的幸福，她希望我幸福。

是的，我无法接受这样的为我好。不接受，无疑又伤了一颗为我好的心。

这不禁使我想起另一件事。

读研期间，有一位老师，授课之余很喜欢戏剧，写过大量与戏剧相关的论文，偶有闲暇就去各大剧院听戏。这本来是多好的一件事，有事业有爱好，我平生最欣赏这种人。但坏就坏在，她还喜欢让学生听戏，不，应该说劝学生听戏：你去听听吧听听吧，你一定会喜欢的，就算不喜欢，也可以慢慢培养，兴趣是可以培养的……诸如此类，絮絮不止。是的，我就是被劝过的学生之一。如若你不去，她就摆出一副为你好的架势，开始指导你的人生：你这个人啊，真固执，像你这种性格的人出去了怎么办呀，老师可都是为你好啊，换个人我都懒得说。

你懒得说，我更懒得听。你有试着了解过我吗？你知道我的兴趣所在吗？你明不明白我真正喜欢的东西是什么？咱们有过推心置腹的谈话吗？没有，都没有。为我好为我好，似乎一句为我好就能走遍天下，也不想想，你不站在我的角度考量，怎么为我好？

当然，这些话也只能憋在肚子里，供五脏六腑交流，因为啊，你一旦说破，就会被打上"好心当成驴肝肺"的罪名。

最近，有一位朋友劝我炒股。

我说我钱少，他说钱少可以少投。我说我怕赔，他说新手一般不会赔。我说万一赔了呢，他说赔了就当练手。我说然后呢，他就开始给我讲炒股的益处，什么炒久了有了悟性，就相当于掌握了一门技术，即便年老了，退休了，照样可以在家炒，既能赚钱又能打发时间。许多新手刚入市就被吓破了胆儿，怎么行，什么事都贵在坚持。末了还加一句，我可都是为你好，别人我才不告诉。

我倒希望他去告诉别人。我这个人，除了读书写作，除了朝九晚五上班，周末看看电影吃吃美食，或者半年出去旅一次游，就没有其他爱好了。投资理财我既没兴趣，也不擅长。我最讨厌的一句话就是——兴趣是可以培养的。我一直以为，兴趣是天生的，能够培养的兴趣都不是兴趣。既然你是我朋友，就应该知道这些。知道了还继续"为我好"，那我只能回绝一句：谢谢。

这世上有一句话叫，彼之蜜糖，吾之砒霜。这世上还有一句话叫，好心办坏事。我理解这世上所有的善意，我珍惜这世上所有的善意，也请打算施与善意的人，在施与之前，站在对方的角度想一想，他需不需要这善意，这善意一旦传递过去，是否变了味儿？要知道，这世上最大的善意，其实是懂得。

是的，请别站在你的角度为我好，谢谢。

我不要随便的人生，
就要挑剔地活着

　　有一年夏天，我去西安旅游，同去的还有另外两家亲戚，分别带着自己的孩子。某处景点逛累了，恰巧经过一家饭馆儿，里面卖着各种陕西名吃。以前吃多了山寨货，遇上个正宗的，终于有机会一饱口福，于是，我们就迫不及待地进去了。

　　几个大人分别点了臊子面、油泼面和凉皮，给两个孩子各点了一个肉夹馍。因为早过了饭点儿，人不多，餐转眼就上桌了。

　　大家实在饿极了，便狼吞虎咽吃起来。这时，其中一个孩子刚咬了一口馍，就"哇"的一声吐在了地上。几个人赶紧围上来，一面帮着拍背，一面小声询问着，是不是天气太热中暑了？除了呕吐，头晕不晕？眼花吗？

孩子端起桌上的水杯漱了漱口，扯了扯妈妈的衣襟，嘟囔道："妈，里面有香菜，好难闻啊。"

"有香菜啊，都怪妈妈一时疏忽，忘记告诉他们了。这个妈妈吃了，另外买个没有香菜的给你。"妈妈笑着对他说。

就在师傅切腊汁肉的间隙，另外一个亲戚看不过去了。"有点儿香菜怎么了？小孩子挑食不好。吃个饭都挑三拣四，长大了可怎么得了，你不能由着他。"顿了顿，指着自己的孩子接着说，"你看我们家琪琪，吃什么都行，这样不仅营养全面，有利于长个儿，而且心胸也豁达，多好。"

"我们就不爱吃香菜，怎么了？是的，孩子随我，心胸一贯狭窄。"第一个亲戚瞬间拉下脸来。

要不是我在场，估计两人就吵起来了。整顿饭后面吃得寂静无声，下午的观光计划也临时取消，匆匆返回酒店，关起门休息了。

我不知道大家对挑食是怎么看的，反正我觉得特正常，不挑食才奇怪。在食物上，每个人都应该有自己的口味。什么都爱吃，什么都可以吃，和丧失味觉还有什么区别？一个丧失味觉的人，不是应该感到可悲吗？

年初，有位同学来北京找工作，跟我住了一段日子。

我问他想找什么工作呢，擅长什么，喜欢哪方面的，工资要求怎样，是赚多赚少无所谓，就想轻松一点，还是宁肯又忙又累也要多赚一点儿，国企和私营，更钟意哪个，工作地点有没有讲究，希望毗邻公交站还是地铁站。

他一脸茫然，微微一笑，吐出两个字：随便。看我不解，接着补充道，只要找个工作就好了，我没那么多要求的。

听他的语气，似乎是我要求太多了，有种多管闲事的感觉。好吧，除了日常的礼貌性寒暄，我索性不同他讲话了。

接下来的两周，他一直行走在寻找工作的路上。原以为像他那么随便的人会很容易找到一份工作的，不是吗？反正没什么要求，人家给点儿钱，糊口就成。但结果恰恰相反，他找了两周，没有一家单位抛出橄榄枝，情况不容乐观。

奇怪吗？我觉得一点儿也不。**一个越是没什么要求、干什么都成的人，人家单位越不敢用你，为什么？这证明你对工作没有起码的兴奋度啊，你既没有表现出踏实肯干的态度，又没有积极钻研的精神，我聘你过来做什么呀？你有什么专长，什么岗位适合你，我无从了解。**

是的，有时候，**你的随便，对别人来说恰恰是一种**

负担。

　　不知你身边有没有那种老好人呢？什么老好人呢？就是动不动就和别人勾肩搭背做起了朋友，随随便便就兄弟长、哥们儿短地称呼起来，和谁都聊得来，但和谁都不走心。他明明对你笑了，你却感受不到那微笑背后的温暖，你看到他哭，也觉得那悲哀像是隔了一层什么，有表演的成分在。

　　大二的时候，我们宿舍发生了一次失窃事件，室友源子的电脑被盗了，种种迹象表明，窃贼正是楼下的阿森。他经常到我们宿舍来玩，聊聊妹子吹吹牛，周末有时间的话，还一起去体育场打球。得知此事的那天晚上，大家一个个都陷入了沉默，是的，太震惊了，震惊到无话可说。

　　虽然大家缄口无言，但心里想的都是，这朋友肯定是做不成了。

　　可你知道吗？就在第二天早晨，当大家洗漱完毕，一起去食堂吃饭的时候，在楼梯口遇见了室友A和阿森，两个人正谈笑风生地走过来。源子后来告诉我，那一刻，他真想戳瞎自己的狗眼。

　　我也是，只觉得一阵阴风扑来，整个世界都看不清了。

　　也许有人会说，一个老好人，情商高，会做人，这样的人在社会上才吃得开，而我始终认为，一个不分青红皂白、随随便便向人示好的家伙，品行上肯定出了问题。他磨平了自己的棱角，自己都不知道自己是谁。

生活中，你一定遇见过这样的人吧?

一块儿出去聚餐，你问他吃什么，他说随便啊。

一起逛街买衣服，你问她这条裙子怎么样，和那条比起来呢，她说都可以。

一道外出看电影，你问他咱们看哪一部，他摊摊手说，我无所谓。

每每遇见这样的人，我都觉得他们好可怜，随随便便就将自己的人生打发了。

是的，我不要随便的人生，我就要挑剔地活着。

在感情上，一个挑剔的人才长情，在生活中，一个挑剔的人才真诚。随便只会湮没在人群，而挑剔才能活出你自己。挑剔挑的是一个人的涵养和品味，而随便往往庸碌无为。

你想活出自己吗? 请拒绝随便，从挑剔开始。

真爱是，

我真的

爱你，

但这爱

与时间

无关

。

第四章

去爱，
哪怕明天 就 要 分开

去爱，
哪怕明天就要分开

01

　　早晨同老妈通电话，听来一奇事。

　　什么奇事呢？

　　就在昨天，村里一男孩结婚了。在婚礼现场，新娘问他：你会爱我多久？男孩笑了笑说：一万年。一时间，围观的乡亲都欢呼起来。谁也不会料到，新娘却不高兴了，立时拉下脸来，甚至吵嚷着"这婚我不结了"，嚷到最后，眼泪都落了下来，抽抽噎噎了许久。

　　丈二和尚摸不着头脑，众人一时都慌了，七七八八地劝解着。新娘的父母同样手足无措，左劝不成，右劝也不成。

发展到后来，男孩甚至都下跪了，才终止这场闹剧。

你猜新娘为什么哭闹？因为男孩的答案让她不满意。"一万年"太短了，她要的是"永远"。

年轻的时候我们总是沉迷于誓言，不管这誓言有一天会不会食言，总之，此刻、当下、面对面，我就要听你说。最好于寂静良夜，最好星月皎洁。

似乎，誓言是检验爱情的唯一标准。你誓言讲得美，那就证明你爱我爱得深，反之，则是不够爱，甚至不爱。

有一段不知从哪里听来的对白，是这样说的。

女：你爱我多久？

男：一生一世。

女：我爱你生生世世。

男：我永远爱你。

女：我爱你永远比你爱我多一天。

听起来像绕口令，又像词语接龙，彼此倾尽了一腔衷情，生怕对方感受不到。两颗炽热的心碰撞来碰撞去，甜言蜜语间，火花四溅。

是的，我们总是急于表达爱，却常常忘了什么是爱，如何去爱。

02

大学室友L和学姐的一段情，一度令我们唏嘘。

他们是在学校的一场辩论赛上认识的。当时的辩题是：应不应该提倡早恋？双方用尽浑身解数，势态依然不上不下，难分胜负。就在此时，正方代表L和反方代表学姐上场了。向来经验丰富的学姐，几番质问就把L撂倒了。

L不得不服，他所在的正方输了。最后的结论是，不应该提倡早恋。

但是，就在大家陆续离场的时候，学姐叫住了L，告诉他：虽然我们赢了，但其实我跟你想法是一样的，辩论嘛，总是这点不自由。

然后，他们就自由地聊开了早恋这个话题，你一言我一语，双双为没有早恋而深感遗憾。嗯，就在他们叹气之时，四目相对的一瞬，这爱就恋上了。

那段时间，从上到下，L像换了个人。一觉睡到大中午的他也开始早起跑步了，DO他依然在打，但不再那么沉迷了，有时候甚至台灯一开，还会看那么一会儿书了，衣服从半个月洗一次，变成两三天洗一次了，最要命的是，向来被冠名

"犀利哥"的他，开始网购发胶发蜡，DIY自己的发型了。

爱情就是有这种力量。就像品冠在一首歌里唱的那样：为你，我想做更好的人。

一年后，就在大家为这段感情纷纷叫好，羡慕不已时，学姐即将毕业，远赴英国读研究生了。是的，很遗憾，他们未能逃脱"毕业即失恋"的魔咒。

当时，学姐说，你不用等我了，异地恋是最痛苦的事，你一定会找到比我更合适的姑娘。然后，L就没有再等，和所有的恋情一样，痛苦一阵，生活如常。

去年老同学聚会，酒过半巡，一向沉稳的L突然哭了。看着他哭，我们几兄弟也禁不住红了眼眶。L说，和学姐分手是他这辈子最后悔的一件事，后悔什么呢？后悔当初没有争取一下。听不到对方的誓言，便不敢相信爱情，以为爱情消失了。

如今，我们早过了"耳听誓言"的年纪，而真爱，似乎也在某个时刻擦肩而过了。

03

上个月，村里一对老夫妻相继离世了。老太先走的，走了十几天，老头就跟上了。

据知情人士透露，老头是这样走的：那天老头正在村头小卖部打麻将，打到半途，忽然转过头，对着后面的空气说："打完这局我就走，你不要催了。"还真是奇了，刚打完那局，下局的牌还没码好，老头靠在椅子上就不动了，牌友们围上前去，叫了好久都叫不醒，找来村里的医生才发现他走了。

这事儿一传十十传百，大家听在心里，不是后怕，而是感动。

怎会不感动呢？

老头和老太太是典型的旧式婚姻。那年月，结婚都早，老太太十六岁，老头十五岁。不骗你，当时十五六岁的智商跟现在八九岁的差不多，据说他们结婚都有半个月了，还以为两人睡在一张床上就是同房了。老头和老太太一辈子无子嗣，头几年还有人跟他们打趣：无儿无女？那是你们不知道咋生。

没有孩子，久而久之，他们就成了彼此的孩子。年轻的时候，老头喜欢赶集，赶集买什么呢？买发夹，买红头绳，买裙子，因为老太太喜欢。年老了，老头走不动了，就在家里给老太梳头，一天一个发式，不带重样的，因为老太太臭美，他就成全她的臭美。老太呢，最喜欢给老头做饭，像养儿子一样把他喂得饱饱的。早年间大家都舍不得吃鸡蛋，老太太专门买了小鸡，等小鸡长大下了蛋，做给老头吃；老头喜欢吃甜瓜，老太太就在院子里种，这一种就是六十多年，据说老太太走的时候，院子里的瓜秧还在呢。

也不是没有拌嘴的时候，但他们的拌嘴多半像两个孩子置气，冷战两天，也就和好了。

他们都是文盲，老太太是一天学没上过，老头上过两年。说起来，那时节的农村，你不是文盲反倒奇怪了。他们从未和对方说过"我爱你"，不是羞于启齿，而是根本不知道"爱"是什么东西。至于"誓言"，他们的人生字典里，压根儿就没有这个词。

但还是一样相伴到老，共度苍茫岁月。

04

有段时间，微博上热传的那封"癌症妻子给丈夫的情书"，读完，你落泪了吗？"命运是个不耐烦的监考老师，它一再督促我早点儿交卷。可我不，我会死皮赖脸地撑到最后一刻。"

是的，这就是爱情，这才是爱情。我爱你，我倾尽所有的爱争分夺秒地去爱你，直到不能再爱无法再爱为止。誓言是什么呢？誓言只是天上闪烁的星辰，岁月更迭，明明灭灭，看一看，浪漫一下也就够了，我们终究还要回归人间烟火、柴米油盐。而爱，倘若无法化为平淡流年，就不成其为爱。

　　誓言从来都是纸上谈兵，而爱是身体力行。

　　我爱你，但我无法承诺会爱你多久，我只知道，在可以爱你的时光里，我会一直爱你。谁都希望可以爱一万年，谁都希望可以爱到永远，但是亲爱的，这世上什么都有可能发生，这世界每一刻都在发生变化，我们所能做的，就是在当下的每一天，好好去爱。永远太远，我只想和你得过且过，浪费可以浪费的每一寸光阴。

　　每次重温《廊桥遗梦》都会被其中的爱情故事所打动。是的，男女主角仅仅共度了两三日，但那两三日他们倾尽了所有去爱，那两三日是两个灵魂的肌肤相亲。于他们而言，两三日何尝不是一辈子？

　　世人常常问，爱情的真谛是什么？我想，爱情的真谛就是，去爱，哪怕明天就要分开。

和你分手，是因为
我还相信爱情

　　从昨晚开始，微博和朋友圈都被Selina离婚的消息刷屏了，有许多小朋友又开始不相信爱情了：好失望啊，好沮丧啊，贵圈好乱啊，总之，一阵饮泣声，隔着屏幕我都能脑补出他们痛苦的表情。

　　嗯，对于这种心情我特能理解，毕竟我也是从小朋友走过来的。年轻的时候，谁不期望一段天长地久的恋情，谁不渴慕一桩白头偕老的婚姻？故事的最后，王子和公主幸福地生活在一起，是每个少男少女的青春梦。最好初遇即一见钟情，继而便步入婚姻的殿堂，不要什么前任现任，不要什么小三小四，两个人把日子过得活色生香，美美满满。

　　可是啊，婚姻生活不是简单的床第之欢，爽歪歪一阵子就过去了，它是关乎衣食住行的，它是要和柴米油盐打交道的，它是两种人生观的磨合、博弈，要么你中有我我中有你，要么一拍两散。折中的情况有没有？有，但那不是婚姻生活，那只是搭伙过日子，更确切一点说，那不是爱情，只是将就。

从这个角度来讲，我特别欣赏Selina的态度，像曾经欣赏王菲一样——爱就在一起，不爱就分开，没什么别的好说。归根结底，爱情是一种需要和被需要的关系，是一种弥补和升华的关系。我们之所以走到一起，就是因为我需要你，你能够满足我的情欲，契合我对爱情的想象，我的人生有一个缺口需要你来填补，没有你的填补，我的人生只能故步自封，无法得到升华。反之亦然。这才是一段健康有序的爱情关系。一旦这种关系被打破，爱情就变得徒有虚名，要它作甚？我们又不是门面房，不需要它装潢。

就Selina离婚一事，有不少网友发问：为什么爱情往往经得起风雨，却经不住平淡？很简单，因为风雨同舟之时，我们深切地感受到一种需要和被需要的关系。急景凋年，世界末日，我们才更容易发现爱情就在身边，我们才更渴求对方怀抱的那一丝温暖。就像每次大地震之后，媒体曝光的那些死死地抱在一起的情侣，就像《倾城之恋》里的范柳原和白流苏，一座城市的陷落成全了他们的爱情。平淡流年在某种程度上麻痹了这种关系，一段爱情，面临的不再是物质层面的危机，而转移到了精神层面，转移到了灵魂层面，就像前面提到的那样，变成了两种价值观、人生观乃至世界观的磨合与博弈，这就复杂多了，磨合不了的，自然分道扬镳，一拍两散。

2011年，面对烧伤后陷入人生低谷的Selina，张承中不离不弃，风光迎娶入门，正是因为他们发现了一种强烈的需要和被需要的关系，而五年后的今天，阴霾散去，重新投入工作的Selina，也可能是张承中，越来越感受不到、触摸不到这种关系了，精神层面的交集越来越少，浓烈的爱情渐变为一种平淡的亲情、友情，所以才导致劳燕分飞的局面。娱乐圈，这样的事不在少数，胡歌和薛佳凝也是一例（虽然他们并未结婚，但感情的变化过程是一样的）。

有小朋友也许就会说了，为什么他们就不能在平淡流年里好好相爱？说到底还是不够爱吧？不乏某些冲动的小粉丝跳脚呐喊：还我真爱！可是啊，爱情本来就是一种扑朔迷离的东西，真真假假，对对错错，谁能说得清？真爱不是一加一等于二的算术题，简单明晰，无可辩驳。有时候，白头偕老是真爱，一刀两断也是真爱。我们的契合点愈来愈少，与其打着真爱的名义绑在一起，不如放手让彼此寻找真爱。是的，之所以和你分手，或许正因为，我还相信爱情。

这样的和平分手——无关乎小三小四，无关乎物质条件利益冲突，而纯粹因为一段感情在时光的流逝中淡去——是值得尊重甚至值得欣赏的。看多了娱乐圈的分分合合，当你抱着从众心理，堂而皇之地吐出一句"贵圈太乱"的时候，可曾想过，外表光鲜的明星或许对爱情更纯粹——他们有稳固的经济基础做后盾，车子房子票子不在考虑范围之内，门当户对不在考虑范围之内，二十五岁对他们来说不是一个坎儿，七大姑八大姨的催婚都是浮云，他们唯一需要考虑的是两颗心之间的距离。从这个角度来说，明星或许不是真爱的践踏者，而是真爱的践行者。

是的，之所以和你分手，是因为我还相信爱情——既然拥抱会枯萎，何不放手而重生？Selina的离婚事件，无疑为我们上了一课。

已经是单身狗了，
还不做条快乐的单身狗?

　　自去年三月和男友分手以来，表妹一直陷于灰暗的情绪里无法自拔，宅女眼看着做了大半年。鉴于我和她同在一个城市工作，姑妈急了，专门打来电话让我前去劝慰。姑妈的意思是，哪怕劝慰不成，就只是拉她出来透透气也好。

　　其实，我并非没有劝过，只是没什么效果。当一个人认准了要一条道走到黑，还真是拿他没办法。譬如抑郁症患者，倘若劝一劝就好了，这世上还有抑郁症一说吗? 还需要药物治疗吗?

　　想到这里，我不禁冷汗直冒。是啊，大半年过去了，临危受命，我必须把她"救"出来。

　　虽说同处一个城市，但方向刚好错开。吃过早饭就去坐车，到了她那儿，差不多又到做午饭的时间了。

在进入表妹房间之前，我设想过种种场景：泡面盒满地，垃圾袋一个个堆放在门后，脏衣服多得洗衣机都放不下，等等。我一边想一边抓耳挠腮谋划对策。

但其实还好。表妹来开门，除了刚起床，脸没洗，房间内一切正常。

我把刚才所想一五一十讲给她听，听着听着她就笑了："怎么会？如果那样的话，我岂不早死了？"

"会笑就好。小茵，你不知道你妈有多担心。"我一本正经道。

"有什么好担心的。"她倒了杯水递给我，"我只是不想出去，不想跟外界联系，如此而已。"

"为什么不想？你看，和你同龄的女孩子，哪一个不喜欢购物，不喜欢逛街，看看电影吃吃美食啥的。"我循循善诱。

"一个人出来有什么意思？找虐吗？"她白了我一眼，特理直气壮，"一条单身狗出来，看一对单身狗上演你侬我侬？"

"小茵……"

"哥，你不用劝我，我最烦别人劝我，我又不是想不开。"顿了顿，她补充道，"等哪天找到男朋友，我自然会出去撒欢儿。"

我没有再说话。现在95后的小孩，一个比一个有主意，我如果继续劝下去，非得大吵一架不可。好在像她说的一样，除了不想出去，状态还行。

那天回到家，躺在床上，想起前阵子在微博上热议的一个话题：

关于孤独，你能忍受到第几级？

第一级：一个人逛超市

第二级：一个人去快餐厅

第三级：一个人去咖啡厅

第四级：一个人去看电影

第五级：一个人去吃火锅

第六级：一个人去KTV

第七级：一个人去海边

第八级：一个人去游乐园

第九级：一个人搬家

第十级：一个人去做手术

不用去翻下面的评论，你就知道，肯定单身狗居多，有的连发多个痛哭的表情，有的以单身狗自嘲。不管摆出何种姿态，没有人不觉得一个人的日子很苦。似乎作为一条单身狗，大家都很难快乐起来。

　　一个人不能逛街，一个人不能看电影，一个人不能吃快餐，那么，一个人把自己关在家里，才正常吗？大家都等着找到对象再出门，问题是，你有没有想过，如果你这条单身狗不出门，他那条单身狗不出门，如何相遇，从而结成一对单身狗？世界上所有的单身狗都把自己关在家里，抱歉，那我只能祝大家孤独终老了。

　　毋庸置疑，和恋人分手后，谁都会郁闷一段日子，一个曾经形影相伴的人活生生地从身边消失了，一时间，心里难免承受不来。但是，这种状态不能一直持续下去，你又不是拍爱情电影，摆出一副非他不嫁非她不娶的样子，感动谁呢？我不想说"人不是为爱情活着"之类老掉牙的话，我只想说，有爱情，很好，没有爱情，我们还是一样要活。

　　在这世上，归根结底，我们是为自己而活。

　　没有爱情的生活，可能失去了很多色彩，但恰恰是这种失去，给爱情之外的东西留下了更多展示色彩的空间。一个人的日子，你有更多的时间去读书，再不会被对方玩游戏的声音所打断，或者在你读到正high时被催着上床睡觉；你有更多的时间去跑步，再不会因为对方今天起迟了明天感冒了而导致计划泡汤；你同样有更多的时间去逛街，想怎么逛怎么逛，想逛多久逛多久，再不会有人像个催命鬼一样在你身后嚷：该走了吧，什么时候走？渐渐地，你或许会发现，两个人有两个人的快乐，一个人有一个人的充实，而这样的充实也不失为一种快乐。

当你学会了怎么过一个人的生活，再来谈两个人怎么过。倘若一个人学不会快乐，只能把快乐建立在另一个人身上，建立在两个人的生活上，那，这样的关系注定长久不了。我始终相信，一个不会爱自己的人，永远不配被别人所爱。

一如林夕在《给自己的情书》里写的那样：自己都不爱，怎么相爱，怎么可给爱人好处？

至于怎么爱自己，当然是跨出自己的小天地，投入生活，去发现快乐，并汲取快乐。这是第一步，也是最重要的一步。是的，已经是单身狗了，还不做条快乐的单身狗，去这个花花世界撒欢儿？街逛起来，衣服买起来，电影看起来，美食吃起来，KTV唱起来，买醉？偶尔买一下也好啊。或许，就在你买醉的同时，会碰到另一条单身狗在买醉，杯子碰一碰，这事儿便成了。

姑娘，迟早有一天你会明白，这世上许多事不过庸人自扰。与其说别人秀恩爱，不如说自己秀伤害。放心大胆地走出来，走到阳光下，这世界就是你的。沈从文说，我知道你会来，所以我等。请在他到来之前，快乐地等下去吧。

找个愿意和你
秀恩爱的人在一起

01

不知这算不算一种怪癖，作为一条单身狗，我喜欢看别人秀恩爱。

在我眼里，秀恩爱是一道风景。

人流如织的大街上，如果我正匆匆赶路，看到前方有一对情侣牵手走过，会下意识放缓脚步，生怕惊扰了他们的幸福。

早高峰等地铁的间隙，倘若有女生依偎在男生怀里，或者，像只树懒一样挂在他身上，我原本焦躁的心会立刻舒缓下来。

烈日炎炎的盛夏，去小区门口买冰棍，偶遇一对穿情侣衫的小年轻，坐在树荫下你一口我一口地喂来喂去，我会忽然嗅到那股甜蜜。

流行拍大头贴的那些年，许多人都会将情侣头像贴在手机背面，如果我无意中发现了，便会不自觉微笑起来。

去年夏天，在杭州开往北京的火车上，坐我对面的一对情侣，彼此手臂上都刺着对方的名字，看到它们的一瞬间，我内心突然盈满了说不出的快乐。

这风景如此温暖，当我独自一人穿行在钢铁丛林一样的城市里的时候，会无端生出一种莫名的底气。

是的，还有人在爱着，还有人相信爱，多么好。

02

我有一位女性朋友，小眉，上个月刚刚脱单了。两个人是经相亲认识的，男生在政府单位上班，有车有房，不去夜店不泡吧，三观超正，是名副其实的五好青年。最关键的是，他喜欢小眉。据称，两个人聊了不到五句话，男生就向小眉表白了，甚至何时订婚何时结婚都有了大致的安排。

我们一面祝小眉幸福，一面骂她重色轻友，因为啊，以后大家再出来玩，身边就很难听到她大喇喇的笑声了。

然而，"五一"过去没几天，小眉就在好友群里大倒苦水。

她说男生哪里都好，就是不懂情调，该秀恩爱的时候他不秀，让小眉很没有安全感。

比如，男生的朋友圈里从来没有发过他们的合照，连小眉的单身照也没有；比如，两个人去看夜场电影，有那么一刻，小眉将头靠在他肩上，他也会下意识躲开；再比如，上周两个人一起去必胜客吃披萨，吃着吃着，小眉张开嘴巴，示意他喂一块给她，他羞涩地别过脸去，假装没看到。

秉着劝和不劝离的原则，我们都对小眉说，他是爱你的就够了，秀什么恩爱嘛！你就是不知足，还停留在小女生的浪漫幻想里。

小眉没说话。昨天一大早，就看到她在朋友圈里宣布分手了。

向来大喇喇的小眉，我们从未见她如此感性过，她写道：在外人看来秀恩爱或许是小事，但当自己身处一段感情关系里，就会发现，秀恩爱却是一个必不可少的过程，是件天大的事。连恩爱都不敢秀，你还拿什么给我安全感？爱一个人，难道不就是想让全世界都知道吗？

我默默为她点了个赞。

03

几年前，我在济南读书的时候，曾有一段时间独自一人在外面租房子。

隔壁住着一对中年夫妻，带着一个三四岁的女儿，一家人过得和和美美。现在想来，他们真是秀恩爱的好手。

平日里接送孩子上学，夫妻俩总会在附近的小卖铺里买上两颗泡泡糖，一人一颗，一面吹着泡泡，一面骑着电瓶车。后座上是妻子，前面的儿童座椅里载着女儿。阳光洒下来，微风吹过来，影子摇曳，别提多浪漫了。

据说，此前他们就是因为在学校里买泡泡糖而相识的，这个习惯雷打不动地坚持了好几年，看样子，他们还会继续坚持下去。一颗糖里包裹的爱意到底有多重，外人兴许不晓得，但他们自己知道，那是所有青涩、炽热的青春，那是无数个我爱你的深沉表达。每吃下一颗糖，吹起一个大大的泡泡，他似乎都在说，"我爱你"，而她呢，吃下另一颗糖，吹起另一个泡泡来回应，我也爱你。

但凡逢上周末，妻子喜欢唱几首歌，而丈夫就给她弹琴。一时间，他们的小屋里就坐满了人，包括房东，包括其他租客，甚至包括小区里的一个清洁工。大家一边逗弄他们的女儿，一边听他们唱歌，一段美妙的时光就这么悄然度过。

当然，两个人也有吵嘴的时候，但是，他们的吵嘴听起来也像秀恩爱，令人欣羡不已。比如，妻子如果骂丈夫"贱人"，丈夫必定会回一句"骚货"，丈夫如果骂妻子"傻瓜"，妻子必定会回一句"智障"。让人听着听着就忍不住笑起来。

因为有了这么一对邻居，我在济南的生活虽然清贫，但格外开心。

是的，恩爱秀得好，不仅有利于增进夫妻之间的感情，而且还会感染周围的人，使得空气里都飘浮着浓浓的爱意。

04

说起秀恩爱，不得不提我的好朋友P先生，他简直将秀恩爱这件事当成一桩事业来做，融入了自己的生命里。

他喜欢写作，为表达对妻子的爱意，特意取了一个与她相关的笔名。立志写书，初衷也是为了送给妻子。许多文章里，点点滴滴都是他们恋爱的片段，柴米油盐的小日子，一起修缮房子，一起在窗台听雨，一起去看朴树的演唱会。

他喜欢唱歌，吉他水平一流。三不五时地，就会在唱歌软件里和妻子合唱一曲，经常参加一些小型音乐会，也总是夫唱妇随。

他开过咖啡馆，墙壁上贴满了和妻子的生活照，有烂漫的校园时光，有旅途旖旎的风景，也有只属于两个人的房间里，烛光下的温暖相拥。

总之，在他所有的喜欢里，都有她的欢喜。

这样的男人，怎么看怎么舒服，他哪怕投来一个眼神，就能瞬间令你安心。

头段日子，他签了出版合同。其中一个备选书名是"且让我爱你，以沉默以欢喜"，就是秀恩爱的最好证明。

一个喜欢秀恩爱的男人，多半是一个长情的男人，而一个长情的男人，人品肯定错不了。和他做起朋友来，也令人倍感舒适。

05

许多影视剧中经常会出现这样的桥段：一对情侣站在

山崖上，男主向着远方大声呼喊女主的名字，以及那句"我爱你"。

一如向全世界宣告，从今以后，你就是我的人了。

那一刻，总有一种莫可名状的情愫涌上心头，令人落泪。

微博里，公号里，经常有女性读者咨询爱情方面的问题，我很少作答。因为，爱情通常是无解的，爱情向来很复杂。

但是，爱情里也有一个非常简单的道理，那就是，你要找一个愿意和你秀恩爱的男人在一起。他敢于向别人宣告，敢于向这个世界宣告，你属于我，你是我的人，我要我们在一起。

这种专横与霸道，是一段爱情里最好的调味剂。

是的，找个愿意和你秀恩爱的男人在一起吧，让你们的爱散逸在每个平凡的小日子。人情凉薄，但他的怀抱有你取之不尽的温暖；世界很大，你无须害怕，因为只要牵着他的手，就能找到回家的路。

白头偕老不一定是真爱，
也许是将就

01

我有一位交情很好的网友，兴趣相投，无话不谈。

但自"锋菲世纪大复合"以来，我们的关系渐渐不睦了。

作为一个菲迷，她表示无法理解王菲了。甚至像大多数网友一样，开始讨厌她，同时，为李亚鹏叫屈，替张柏芝不值。她说，王菲打破了她对真爱的期待，从今以后，不会再听任何一首王菲的歌，不会再看任何一部王菲的电影。

就真爱这回事，我们曾进行过激烈的探讨，以至上升到争吵的地步。

"王菲打破了你对真爱的期待，那你以为的真爱是什么？"

"真爱是什么？真爱当然是'执子之手，与子偕老'。"

"你这种观念未免太保守。"

"那你给我一个新潮的观念，亲。"

"真爱跟时间没有关系。或许两个人生活了一辈子，也不见得是真爱。"

"按照你的意思，一夜情都可能是真爱咯？"

……

争论久了，我们都不再争论了，下意识把它作为了彼此的雷区。

现在想来，那段时间，"锋菲复合"似乎真的惹了众怒。

有一天，我去银泰百货的耐克专柜挑鞋子，一边试一边跟店员聊天。

"我特别喜欢耐克的鞋子，尤其当我知道王菲也穿耐克的时候。"我笑着说。

"你喜欢王菲？"她一脸诧异。

"是啊，你不喜欢？"我系好鞋带，开始在镜子前走来走去。

"以前喜欢，现在不喜欢了。搞不懂她怎么又跟谢霆锋好上了，真拿婚姻当儿戏。"

我没接她的话，付完款，拿上鞋子匆匆走开了。

02

每每在喜宴上，我们总会举杯祝福新人白头偕老或百年好合，没有人会祝福七年之痒，早日离婚。这是人之常情，它不仅仅是一种祝福，还包含了我们每个人对真爱的理解、期许与向往。

但我还是要说，白头偕老不一定是真爱，也许是将就。

拿我们的父辈来说，在他们还不知道爱情是什么、不知道恋爱什么感觉的年龄，就听从父母之命、媒妁之言和一个陌生人结了婚，真爱的成分能有多少？他们同床共枕，生儿育女，儿女一个个长大，他们手挽手老去，就佐证了真爱吗？怎么可能？当然，不排除有些父母是自由恋爱，也不排除有些父母是先结婚后恋爱，但是，你不得不承认，大多数父母的婚姻和真爱无关，只是一种生活，像生老病死一样自然。说白了，他们的信条就是，没有什么爱不爱，只是过日子总要有个伴儿。

至于我们80后、90后这代年轻人，虽然大多数都是自由恋爱，但经由恋爱走向婚姻的有多少呢？太多的人都和年龄结了婚，和合适结了婚，和房子结了婚，唯独没有因为爱情而结婚。虽然如今离婚率越来越高，但毫无疑问，大部分人还是会柴米油盐细水长流地过下去，大部分人还是会白头偕老。抱歉，这样的白头偕老，我还是无法归类为真爱。

微博上，经常有人PO出一对老人携手相伴的图片，白发飘飘、身形佝偻、脚步蹒跚，看了莫不令人感动。多少人转发这样的微博并感慨留言：真爱啊，这才是真爱。但有谁知道，白头偕老的他们，究竟真爱了一辈子，还是将就了一辈子？

03

是的，白头偕老不一定是真爱。那，什么才是真爱？

真爱是，我真的爱你，但这爱与时间无关。我或许会爱你一辈子，也或许只爱你一阵子，但不管是一辈子还是一阵子，在这段时期内，我是真的爱你，一颗心掏出来，毫无保留地爱你。这爱只基于两颗心的相互吸引，不依附于一切大而无当的客观条件。

我有一个老乡，是个女孩子，她叫小枝。

小枝高中毕业没考上大学，去县城工艺品厂打工了。她喜欢上了厂里的一名维修工，并很快有了身孕。维修工单身也好啊，现如今，未婚先孕也不是什么大事，婚一结也就得了，但维修工有老婆孩子，且已届中年，比小枝大了十余岁。维修工肯离婚也好啊，离婚再娶的也不在少数，但维修工又舍不得离。小枝提分手也好啊，快刀斩乱麻，把孩子打掉，另寻人再嫁，但小枝又不愿分手。

很抱歉，我讲了一个俗气的小三的故事，但这个小三既没有上位的野心，甚至也不奢求渣男的爱。似乎，她只是需要爱了，像朵花一样打开自己，等待路人的到来，而他，刚巧是那个路人。纸包不住火，小枝的肚子越来越大。不知哪来的勇气，一不做二不休，那边妈妈催她打掉孩子，这边小枝辞掉工作，干脆回家待产了。

一时间，小枝成了整个村庄的丑闻。

丑闻归丑闻，时间久了，街坊邻里的，大家总会过去慰问。不管是劝她打掉孩子再嫁的，还是劝她生下孩子送人再嫁的，小枝总是同一句话：我怀的是女孩，他正想要一个女孩呢。

这样的爱情，注定是无法白头偕老的。但你知道吗？那一刻，她眼神里的灼热和凛然，我这辈子都忘不掉。

年少时看《甜蜜蜜》，除了感动于黎小军和李翘凄美的爱情故事，有一处情节我始终挥之不去，那就是，黎小军的姑妈在回忆往事时，感慨道：我这辈子最开心的那一天，就是威廉带我去半岛吃饭，我趁着他不留意，偷了我们用过的刀叉杯碟，现在偶尔拿出来看一下，仍然是很开心。可能威廉早就不记得我了，不过不要紧，我记得就行了。

04

我想，真爱的含义，除了真爱这一层，或许，还包括真不爱。

我不否认爱过你，同样，我也无法欺骗自己，继续去爱你。我爱你，这是真的，我不爱你了，同样也是真的。

活在这世上，我们太多人都曾亏欠了爱情。明明不爱了，因为孩子太小，因为世俗眼光，甚至因为经济条件，我们继续表演爱，继续同床共枕你侬我侬。

而王菲，她没有。

窦唯曾经是真爱，现在不爱了，李亚鹏曾经是真爱，现在不爱了，谢霆锋曾经是真爱，现在依然爱，有问题吗？不是小三，不是婚内出轨，在一起时彼此单身，为什么不可以？

有多少人一边忙于刷微博，在"锋菲复合"的话题下骂着脏话，一边躺在一个名为"妻子"或"丈夫"的人身旁，同床异梦？

想想就可怕。

真爱需要将就，但真爱不是将就。

愿你收获一段不将就的白头偕老的真爱。

分手与异地无关，
只是你不够恋

01

　　最近，我以红人的身份入驻某家公众号，开始接手一些情感类的咨询。有位网友抛出了这么一个问题：我和女朋友是异地恋，时间久了感觉没有话题可聊了，我想分手，这算是渣吗？

　　你们说渣不渣？我觉得挺渣的。

　　首先，你接受异地恋的同时，就要做好话题变少的准备，有朝一日无话可聊也没什么稀奇。因为无话可聊而想分手，而不是想着怎么增加话题，或者，从根上入手，通过自己的努力将"异地"转为"同地"，不是渣，是什么？能问出这样的问题，本身就证明你不是一个合格的恋爱对象，纵使是"同地恋"，也不见得能恋出一个多好的花样来。

说起来，异地恋还真是一个老大难问题。身边有多少人因为异地恋而分道扬镳，终成陌路。以至于，现今大家都不敢再谈异地恋了，不管是相亲还是自由恋爱，一听说要异地，立马再见。

S就是被异地恋害苦的一位。

曾经，她和黄先生长达三年的网恋，在朋友圈里传得沸沸扬扬，一度被引为佳话。S和黄先生是在豆瓣小组里认识的，那是一个关于美食的小组，大家纷纷晒厨艺，一个比一个做得好，而我们的S和黄先生却恰恰相反，擅长各种黑暗料理，就是吃过一次终生难忘的那种。就是这样，一来二去，凭着恶趣味，两个人一拍即合，走到了一起。

所谓走到一起，不过是两个人开着视频做菜，做完菜再隔着屏幕喂来喂去。听起来是不是挺无聊的？但两个都是无聊的人，聊到一起反而不无聊了。他们乐此不疲地做了三年，喂了三年，就在第四年刚刚过半的时候，S再也撑不下去了，黄先生呢，也没有过多挽留，恋情就此画上了休止符。

失恋后的S没有大哭大闹，没有萎靡沉郁，更没有深夜买醉，总之，省略了一切失恋必经的过程。

S板着一张冷硬的面孔说，我绝望了，这辈子也不会再谈异地恋。

S说，你不知道异地恋的痛苦，那种到最后无话可聊的尴尬与无力。

S说，什么叫无疾而终？谈一场异地恋你就明白了。

是的，说起死掉的异地恋，我们总有各种各样的理由——时间的差距，空间的相隔，地理环境的不同，造成了我们不在一个频道上，我们找不到一个兴趣点去聊；我哭了，你不能帮我擦眼泪，我饿了，你不能帮我做饭。总之，你无法身体力行，只能嘘寒问暖；日子久了，我们只能隔皮猜瓜，"你只能看到我的美貌，无法触摸我的灵魂。"究竟要到什么时候，我们才肯承认异地不是问题，唯一的问题只是我们不够恋？

最近，《非诚勿扰》更名为《缘来非诚勿扰》，一时好奇，我又看了几期这个节目。有一期，男女嘉宾即将牵手了，在最后的告白阶段，因为异地，女嘉宾拒绝了男嘉宾。她说：你在北京，我在重庆，我今年已经三十岁了，我不敢拿爱情当赌注。或许，她也觉得可惜吧，言语间有些沉痛。

我想起一句话：一朝被蛇咬，十年怕井绳。什么时候异地恋成了血盆大口的猛兽，人人避之唯恐不及？我们总是把责任推给异地，却忘了问问自己，究竟恋了没？

02

大学期间，隔壁宿舍住了一位痴情男，小Q。小Q是那种标准意义上的暖男，笑起来就暖你一脸的类型。像所有电视剧中悲情的男二号一样，小Q和她的女神始终处于暧昧阶段，怎么讲呢，就是那种万年备胎的命——感冒了，你巴巴来送药，康复了，她和别人去逛街。但小Q并不认命，依然掏心掏肺地陪在女神身边，在需要的时候，总是第一时间出现。

你还真别说，小Q后来逆袭了。因为什么呢？毕业的时候，女神回安徽老家工作了，而女神当时的男朋友，为了自己心爱的事业远赴北京，立志做了个北漂。是的，因为异地，他们分手了。而小Q，背起行囊，不管不顾跟女神回了老家，在安徽一个小县城找了份工作，久而久之，他们走到了一起。

要知道，小Q是东北人啊，而且是那种在学校包揽奖学金的学霸，理想高远，是学校推崇的好苗子，但，他就是单单因为爱情而一头扎进了穷乡僻壤，意志坚决得九头牛都拉不回来。据说，为此他妈差点儿跟他断了母子关系，是啊，这算怎么回事嘛，有点脑子的人都觉得他傻缺。

但就是这个傻缺，收获了令人艳羡的爱情。一年后，小Q和女神结婚了，据称，在婚礼上痛哭流涕的不是小Q，反倒是一向御姐范儿爆棚的女神。女神说，这辈子直到遇见小Q，她才明白什么叫安全感。两年后，女神生了宝宝，刚出月子她就第一时间去上班了，而小Q做了职业奶爸，朋友圈里各种晒宝宝，一时间成了男版范玮琪。

是的，不要再说什么异地恋，摆出一副苦大仇深的样子给谁看呢？承认吧，分手与异地无关，只是你不够恋。如果你够恋，自然会逢山开路，遇水搭桥，第一时间出现在你恋人面前，生生世世陪伴她，直到永远。

一定会有人说，这是电视剧中才有的桥段，我们生活在现实中，深受各种主客观因素的制约，怎么可能奋不顾身去追求爱情呢？但是，亲爱的，你要知道，爱情的属性就是奋不顾身啊。讲房子讲车子讲票子，讲门当户对讲对的时间讲对的人，这么蝇营狗苟，这么机关算尽，算哪门子的爱情？

更何况，谁说我们不能活得像电视剧一样酷呢？

有些人
你永远不必等

　　不晓得这是荔枝小姐第几次遭受家暴了，和以往每次一样，她选择了忍气吞声，理由只有一条：她爱他。家暴的原因呢，也和从前一样，老公在外面偷腥，被她逮个正着，然后她就顺理成章地被扇了两耳光，同时被踢了两脚。大过年的，人家都在外面热闹，她一个人守在家里摸着脸颊，揉着膝盖。

　　七大姑八大姨纷纷赶来劝慰。因为这种事发生不止一两次了，大家都不再劝和，而是众口一词让她离。尤其是她二姑，咬牙切齿那口气，若荔枝小姐丈夫在眼前，早被生吞活剥了：赶紧跟那浑蛋离，听见没？一天也不能耽搁！

　　但荔枝小姐丝毫不为所动，仍然是那句老话：我要等他，等他知道我的好，浪子总有回头的一天。

二姑窃笑一声，强压住火气：回不了头呢，你还能等他一辈子？

荔枝小姐目光坚毅：一辈子怎么了？我爱他，几辈子都能等。

二姑火气终于上来了：爱？能当吃还是能当喝？姑娘，要不是看在你是我侄女的分上，我才懒得管。

荔枝小姐从小生就一副偏脾气，结婚三年了依然未改：你们该干吗干吗去，我可没要你们管。

还能说什么呢？二姑摇摇头，领着大家散了。

你们身边一定也有这样的女人吧，忍受着丈夫出轨，忍受着丈夫家暴，忍受着长年累月的孤寂生活，单单因为爱，便死心塌地地等下去，比电视剧中的女主角都爱得深沉。自以为在爱着，自以为比谁都懂爱，纵使有一天天崩地裂，也要做一块执拗的望夫石。

她们永远都不知道，等不是爱，而是害，她们以等为荣，等来的却是颜面尽失。丈夫之所以屡次出轨，就因为你愿意等，愿意给他机会，甚至可以说，在出轨这件事上，你是他的帮凶。一个窃贼，明明被抓住了，偏偏要把他放了，一次不惩戒，两次不惩戒，他自然越窃越上瘾。如果等能解决问题，这个社会还要警察干吗，还要法律干吗？失窃者干脆搬个板凳，日复一日等下去好了。

你也许会说，这个比喻不恰当，丈夫能跟窃贼比吗？无论怎样，跟丈夫还是有感情的好吗？窃贼完全就是个陌生人好吗？很多女人就是被这种理论给害苦了，总以为一日夫妻百日恩，总以为百年修得同船渡，千年修得共枕眠，忍忍算了。你不看都什么时候了，他都跟别的女人上床了，你还在那里谈感情？说你是冤大头吧，一点儿都不冤。

一个基本的事实，你何时才能明白：两情相悦才是爱。爱是等不来的，等来的，充其量只是同情。

长颈鹿先生是我一铁哥们儿，之所以叫他长颈鹿先生，就因为他脖子太长了，当然，个头儿也高，一米八八的人走起路来，自有一种虎虎生风的气势。很长一段时间里，但凡同他结伴走路，我都要隔开一到两米的距离才能心安。

就是这样一位大块头boy，半年前暗恋上了单位一女同事，现在还无法自拔。女同事已婚，且夫妻关系和睦。但长颈鹿先生就是认准了她，坚信她是自己这辈子的soulmate（灵魂伴侣），一错过误终身那种，发誓定要年年月月地等下去。

长颈鹿先生和女同事是在单位组织的年会上熟识起来

的，当时，他们合唱了一首情歌，短短两分三十二秒，长颈鹿先生就沦陷了。后来，用长颈鹿先生的话说，两分三十二秒就是他的一生。

暗恋中的人都是诗人，怀才不遇的诗人。长颈鹿先生白天阳光灿烂，夜晚以泪洗面，靠无穷的想象力意淫着女同事的美。明知爱而不得，却偏偏要爱，明知等不来结果，却偏偏要等。是的，爱情没道理可言，就像王菲在歌里唱的那样：你并不是我，又怎能了解，就算是执迷，让我执迷不悔。

但是，从本质上讲，一厢情愿的暗恋不仅扰民而且自扰，无望的等待，既亵渎了爱情又贬低了自己。无可否认，等待在你眼中是爱，但在对方看来却是一种压力——他无法接受你的爱，置之不理，又怕你受伤害。你说，这不是压力是什么？而你呢，一面为自己建造空中花园，一面眼睁睁等待花园陨落，最终逃不过大梦一场，究竟何为？

关于爱情，我喜欢张小娴说过的一句话：爱情不是你为我死我为你亡，不是你为我做了些什么，而是我们一起做了些什么。是的，爱情讲究一种平等，或者说平衡，双方势均力敌，才能经得起平淡流年。爱情的天平只要有一端倾斜，这关系就长久不了。单枪匹马的等待，无疑打破了这种局面，亵渎了爱情的本质。

至关重要的一点是，你为一个错的人等待，或许会错过一个对的人。你明明配得起更好的爱情，何苦在别人的爱情里委曲求全？

读研期间，班上有一位女生，向来敢爱敢恨，发现和自己好了三年的男朋友劈腿了，二话没说，第一时间就提出了分手。

虽然敢爱敢恨，毕竟分手了，三年的感情转瞬抛弃，她不可能不难过。加上那段时间疲于奔命地找工作，又要为考博做准备，一下子病倒了。几个要好的闺密去医院探望，不乏有人劝她和男友复合，再给他一次机会。

她笑了，目光坚毅："爱情又不是做慈善，可以无限度索取。"

毕业前夕，女生不仅找到了自己理想的工作，而且经人介绍认识了一位当地的男生。散伙饭上，女生专门把男生叫到了餐桌旁，一时间两人打得火热，羡煞旁人。

头几天刷朋友圈，偶然发现女生和男生已经结婚了，且PO了一组结婚照在上面，并附着这么一句话：真爱，无须等待！

我一边为她点赞，一边想，爱情永远不会辜负这样的姑娘。

是的，在爱情里，我们要做一个"清醒的执迷主义者"。在执迷之前，在飞蛾投火之前，请清醒地认识到他是不是你等的那团火，一旦葬身火海就再也来不及了。有些时候，等是对爱情的亵渎，不等反而是对爱情的尊重。一刀两断，相忘于江湖，或许也是幸福之一种。

《霍乱时期的爱情》之所以被奉为经典，感动了无数人，一个很重要的原因是，男主从青涩少年直等到耄耋老者，终于等到了他的恋人。

沈从文说，我知道你会来，所以我等。

而有些人，你永远不必等。

想和一个人关系亲密，
就要适当拉开距离

O1

  一位1997年生的女孩子"被分手"，给我发来私信，哭诉男友太绝情，字里行间都是心碎的声音。

  她说，每天清晨，我都会等在他的宿舍楼下，两个人一起去食堂吃早餐，如果他不想去了，我就打包一份给他带回来，或者，在楼下的小超市里买了牛奶和面包，放在他的书桌里；只要他去图书馆，我就一定会陪着，就算我不喜欢读书，也会借来一本，煞有介事地在他身边翻看；每每放暑假，我总想回家，可一看到他留校做兼职，就退掉火车票，一心一意地和他做起兼职来，我怕他一个人寂寞。

她说，周末休息的时候，我明明想去逛街，一听说他要去打球，我就自动打消了"买买买"的念头，站在簇拥的人群中为他欢呼；他生病了，我请假陪他去输液，甚至有一次错过了期末考试。

她说，我那么爱他，他为什么就不爱我了呢？

看到这里，我突然想起最近在追的一部剧《最好的我们》，她像极了里面的简单，一颗心扑在韩叙身上，明明想做对方的女朋友，却始终以一个保姆的身份存在着。

我回复她，正是因为你太爱他，他才不爱你了呀。你寸步不离，只会让他感到窒息，你给的爱太满太多，他就只会视你如空气。

在一段爱情关系里，我们总想和对方亲密，而忘了保持适当的距离。这就是为什么我们的初恋大多以失恋告终，而我们的夫妻关系也往往不够和睦。一天

二十四小时，我们恨不得每分每秒都和对方绑在一起，他处理的事情，桩桩件件我们都想插一手，他不在身边的日子，我们就开始在一条微信右一个电话地轮番轰炸。

结果，我们以爱之名，背弃了爱，我们紧紧相拥，却不得不分开。

02

读高中的时候，班里有两个关系很铁的同学，私下里，大家都叫他们"大宝和二宝"，以示亲密。

在一次集体活动中，不知何故，二宝被其他班级的一个男同学欺负了。说是欺负，其实也就说了他两句，顶多算是言语侮辱。早年间，二宝患过轻微的小儿麻痹症，左腿走路有些不便，这一直是他心里抹不去的阴影。一般来讲，这样成长起来的孩子自尊心都很强。二宝跑去告诉了大宝，一边说一边抹眼泪。

哥们儿被欺负，大宝如何忍受得了？中学时代，男同学之间的友谊，多多少少带些江湖气。不等二宝把话说完，他就冲到对方的教室里，把那个男生拉出来，恶狠狠地揍了一顿。

到底有多恶狠狠？男生住院了，大宝父母赔了一笔钱，还当众道了歉。

事后，大宝被父母训斥自然是少不了的。然而，令他意外的是，再回学校上课时，二宝也埋怨他太过冲动——二宝说，我只是心里郁闷，想和朋友聊一聊，发泄一下，谁想到你竟然把人家给揍了。

听了二宝的话，大宝什么也没说。一段关系分崩离析。从此，班级里再也没有了大宝二宝，取而代之的是超哥和小明。超哥没有说出的话，我们都懂——作为朋友，第一时间为你挺身而出，我还错了？

不能说错，但有失妥当。再亲密的一对朋友也是两个独立的个体，朋友的事就是朋友的事，你可以出谋划策，但不能身体力行。你以为如此可以促进友情，其实恰恰消耗了友情。

《奇葩说》有一期辩题是"闺密约我撕小三，我去不去"，如果是我，我不去。首先，在我的观念里，小三不配被撕；其次，撕与不撕都是你一个人的事，我可以提建议，但没有干涉的权利。

朋友不是连体婴儿，割舍一个，另一个就无法再存活。朋友是，车水马龙的喧嚣里，觅一处清凉地，我们喝一杯下午茶，袅袅的茶香里，说一通不着边际的话。各自独立，却又惺惺相惜。

03

阿满今年二十八岁了，和许多同龄的单身女孩子一样，在父母高强度的催婚下，苦不堪言。

刚刚过去的端午节，三天假期，她就被迫相了五次亲，差不多一天两次。和这个男孩子还没熟悉起来，又要去面对下一个陌生的男孩子。用阿满的话说，这哪里叫相亲，分明是面试。

我们常常和阿满打趣，再加把油，争取一天相十个，称霸"相亲界"。

在中国，催婚俨然成了一种基本国情。每一个年轻人几乎都被父母催过，尤其是女孩子，经常遭受这样的诘难与质问："再大一点儿，你就嫁不出去了。""还考什么研，考了研嫁人更难。""一个女孩子，不就是嫁个老公过日子吗？"

中国的父母，绝大部分都活在孩子身上，把孩子的事当成自己的事，肆意指摘他们的人生。从中学时期的文理分科到高考填志愿，从毕业找工作到相亲找对象，每一步，他们恨不得都要替孩子走，每一个阶段，他们都想自己去经历，去感受。可以说，这无异于一种精神绑架，而这样的绑架，在他们眼里是亲密，是爱。

这样的亲密，离间了父母和孩子的关系，只会使彼此越来越疏远。他们不知道，离孩子远一点，其实才是走近他们的方式。

往大了说，父母和孩子的关系，就是两个国家的关系。各自守好自己的疆土才是正经事儿，而不是你今天跑我这里指挥指挥士兵，明天我跑你那里镇压镇压百姓，连基本的尊重都做不到，如何谈爱？

04

活在这世上，每个人心里都应该有一条"三八线"，像小时候坐同桌那样，你的胳膊肘万不可拐到我这里来，我同样会谨记不侵占你的领域，尤其在亲密的人之间。

"三八线"看似推远了我们的距离，实则拉近了我们的心。每个人都是独立的个体，每个人都有自己的思维方式和生活习惯，每个人都有不同于他人的世界观，每个人也都有需要独处的时候，想和一个人关系亲密，就要适当拉开距离。

生活中，我们普遍缺乏"距离感"。

你一定对这样的说辞不陌生：他是我朋友啊，我有义务帮他出这口恶气；她是我女儿啊，她的婚姻大事我不关心谁关心；他是我老公啊，我当然要知道他去了哪里，在做什么，和谁在一起。

是的，有意无意中，我们总是以爱的名义，涉足他人的世界，指导他人的人生，到头来，又亲手扼杀了这份爱。我们总是急于靠近一个人，而使自己迷失在半途，要命的是，对方却在这样的靠近中，越来越感觉到窒息。

　　适当的距离产生美，过度的亲密，是一种罪。

　　或许，人与人之间最理想的状态是，站成两棵树，在各自的土壤中长大，不纠缠，不攀援，一起承接这世界的阳光和雨露，微风拂过，叶片翻飞的声音，就是我们的心有灵犀，而无风的日子里，沉默是彼此最好的语言。

爱

经不起

等待，

爱，

就趁现在

。

第五章

命运从不亏欠
认真生活 的 人

不要等父亲节到了
才想起爱你的父亲

前阵子，读者小马给我讲了一段他和父亲的故事。

迄今想来，依然令人唏嘘。

小马出生在农村，又是独生子，一家人都对他寄予厚望。偏偏小马没有活成家人所期待的样子，小时候调皮捣蛋，青春期又格外叛逆，非但学习不好，而且经常违反校规校纪，每次开家长会，小马都被作反面教材。

那些年，小马过得特别不开心，那种感觉，相信每一个有过类似境遇的人都懂。父母望子成龙望女成凤，你就是无心成龙成凤，可又怕自己的无心给父母造成伤害。很多次，你厌学情绪高涨，到了厌世的地步，他们依然把你当成清华、北大的苗子来培养，总以为对你严格一点就好了。只要想一想就令人分外沮丧。

是负面情绪需要一个发泄的渠道，还是情窦初开自然而然？高一下学期，小马和隔壁班一个女孩子恋爱了。恋爱不久就被班主任知道了，本着对学生负责的态度，班主任很快通知了小马的父母。

小马的父亲失望至极，雷霆震怒之下，狠狠责打了小马一顿，并勒令小马当着自己的面给女孩打电话，提出分手。小马一百个不愿意，可还是照做了。嗫嚅着说出"分手"两字，没等女孩反应过来他就挂掉了电话。是的，他不敢面对，他怎么面对呢？

面对眼前无法收拾的烂摊子，小马崩溃了，一天黄昏，他谎称去图书馆看书，离家出走了。

他去了千里之外的苏州，在一家电子厂打工。工作后的第二个月，他给自己买了一部手机，给家里打去了第一个电话。不是出于想念，不要说想念，他简直恨透了父亲，他只是不想像一个通缉犯那样，寻人启事被贴得满大街都是。

此后，他和家里所有的联系就是每年打几个电话报平安，每次通话都不会超过五分钟。

时间转瞬即逝，离家那年他十七岁，再回家已经二十六了。母亲给他打来电话说，父亲患了尿毒症，晚期，恐怕活不久了。

一下车，小马就一口气跑到了家里，跑到了父亲的病床前，压抑许久的泪水还是流了下来。父亲摸了摸他的头，笑着帮他擦眼泪。那一刻，九年的隔阂都消弭了，所有的解释都是多余的。

三个多月后，父亲走了。在整理父亲遗物的时候，小马发现了一册软皮本，被小心翼翼地放在床头柜的最底层。上面详细地记录着小马这九年来打过的每一次电话，精确到年月日时分秒，以及说过的每一个字。

小马说，有"父亲"可叫的日子，都是幸福的日子，有"父亲"可叫的孩子，都是幸福的孩子，如果时光可以倒流，我每天都会给家里打一个电话，叫一声"父亲"。

听完小马的故事，当天晚上我很长时间都没有睡着，第二天一大早就给父亲打了一个电话。

因为很少主动给父亲打电话，他接起电话来的那一刻很有些受宠若惊，连连唤着我的乳名问，是你吗？是你吗？得到我肯定的答复后，他又接着追问，是钱不够花了吗？还是单位有人欺负你？我一一否决后，他又佯装生气，开始责怪我，没事打什么电话，电话费省下来，自己买点儿好吃的，多好。

挂上电话，不知何时，我早已经泪流满面。

是的，多年来，我跟父亲的关系一直都很僵。

高中的时候分文理科，本着学理好找工作的原则，他坚持要我进理科班，而我对理科一向不感兴趣，底子又弱，于是偷偷瞒着他报了文科。等他发现我读文科的时候，我已经读了半个月。他没有打我，也没有骂我，只是两三个月都没有和我讲一句话。

研究生填报志愿的那段日子，他一直怂恿我填报本省的学校，最好是省会的学校，一来离家近，二来本科就在这里读的，熟悉地理环境。而我的想法恰恰相反，正因为本科在本省读，研究生才要换一个崭新的地方。后来，我去了杭州。每次假期到来，坐十几个小时的火车硬座回家，他都会揶揄我，没累着吧？

工作刚一稳定，他就开始催婚。每次和他见面，恋爱、婚姻是永恒的话题，似乎我一天不结婚，这个世界就一天不安稳，随时有天崩地裂的危险。而我始终秉持一个原则——恋爱要看缘分，婚姻不能将就。于是，日子久了，这个话题就成了我们之间的一个雷区，谁踩谁死。

我一直埋怨他目光短浅，埋怨他不能设身处地地为我想。可是，这能怪他吗？一个五十年代出生的农村人，一个和土坷垃打了大半辈子交道的人，我能指望他目光有多长远？我以为他没有设身处地，其实他已经尽了全力，他一颗心都放在了我身上。

我还奢求什么？我没有资格奢求什么。

我和父亲相聚的日子注定只会越来越少，见一天，少一天。每一个时辰都不会再来。小的时候，他把我高高地举在肩头，举过头顶，像扬起一面旗帜那样，向这个世界传递着他的喜悦，如今我长大了，我也要像当年的他一样，轻轻地挽起他的手，在人流如织的大街上走一走。嘿，这就是我的父亲。

今天是一年一度的父亲节，你是攒了一肚子的话想对父亲说，表达多年来对他的爱意，还是精心为他准备了一份礼物？

每一个节日都是一种仪式，生活需要仪式感。但仪式感只是锦上添花的一种点缀，只是生活很小很小的一部分。一个父亲节并不能完全表达你对父亲的爱，不要等父亲节到了才想起爱你的父亲。爱不是一年一次的表达，而是点点滴滴的陪伴。

爱经不起等待，爱，就趁现在。每天给父亲打一个电话，休息的时候多陪陪他，就是你能够给他的最好的礼物。父亲节不仅仅是今天，有父亲的每一天，都是父亲节。

我为什么不愿意
参加同学会了?

　　高中同学群里，又有人开始发起同学会了，初步定于正月初四晚上。有人欣然赞同，有人抱怨当日没空，而我，则完全没心情了。不是参加过太多的同学会，腻了，其实，从小到大，真正的同学会我也只参加过一场，但正是这一场同学会，彻底破坏了我的胃口。

　　我不喜欢例会。任何一种形式的会，但凡成为例会，我都不喜欢，包括同学会。我们的同学会，通常都是一年一次，在过年期间举行。每个人都带着一种说不清的使命感，抱着完成任务的心态去赴约，究竟为了什么? 是为了同窗情谊，还是磨不开面子，怕人背后说闲话? 想当初我们之所以成为同学，还不是缘分使然，天南海北聚到一起，共度一段单纯、青涩的校园时光，彼此推心置腹，无话不谈，到如今，一段自然而然的关系却要靠例会这一规章制度来维系，该欣慰还是悲哀？

说到底，在"三情"之中，友情之所以珍贵，就在于它既没有血缘的束缚，也没有婚书的羁绊，它是一段自然天成的关系。一段自然天成的关系，我们就让它自然地来，让它悄然地去，让它在岁月的变迁中接受洗礼。情谊尚存，我们自然会互通往来，不拘哪一天，无谓哪一刻；情谊不复，也就没必要再联络。

单单因为我们曾在同一间教室上过课，就每年约定同一个时间相聚，一大帮子人推杯换盏、觥筹交错，这究竟是情谊深厚，还是玷污了情谊的单纯？我表示怀疑。

同学会是会同窗情，还是一个声势浩大的秀场？又或者，把同学发展为人脉加以利用？总之，同学会的性质愈来愈复杂，愈来愈功利，这是我不愿意再参加同学会的第二个原因。

新婚的秀恩爱，荣升父母的秀娃娃可爱，事业有成的秀华服秀豪车，一无所有的单身狗，你就只能陪着秀伤害了。有人也许会说，那是你玻璃心，是你想太多，不好意思。对于这种说法，我最好的回复是——你钢铁心，你去，祝你幸福。

W女生去年参加完同学会，第一时间就给我打来电话诉苦。

菜刚上好，大家就齐刷刷拿出手机拍照，一水儿的iPhone6摆在桌上，乍一看还以为要开苹果新品发布会呢，害得她将自己的国产机紧紧揣在兜里，羞于示人。关键是，以前的老同桌还添油加醋对她说，iPhone6一点儿不好，想换个Plus，可家里人手一部，想转手都转不了。

一部iPhone6并不值几个钱，W也不是买不起，消费观不同罢了。但她就是受不了同学那种高人一等的样子。她说，她不要再参加同学会了，谈不上憎恨，只是不想再把时间浪费在一段不值得浪费的关系上。

除了各种秀，你们的同学会上，有没有人各种发名片？拿出一沓名片，像街头发传单一样每人一张？并且附赠一句：以后有事，尽管找我。听起来感情甚笃，像结了拜把子兄弟一样，背后到底如何呢？真是不好说。

D先生就曾因发名片的事遭遇尴尬。

因为入职不久，D先生在单位还在做一些基础工作，普通员工，又是"坐班族"，印不印名片有什么要紧？他没放在心上。然后，同学会来了，转眼，第一张名片就发到了手，因为自己没有名片交换，第一张也就成了最后一张。

这不是最主要的，要不要名片无所谓，D先生说，主要是周围的空气顿时冷下来，他被晾在了一边，只能眼睁睁看着交换名片的同学热络地谈着日后的合作。

是的，表面上是一部《小时代》，私底下却演着《甄嬛传》。

就没有单纯的同学会吗，说说校园往事，谈谈同窗情谊？或许有吧。关键是，同学会如果只停留在"忆往昔"上，那还有"会"的必要吗？讨厌的班主任被吐槽了多少遍，傻大个儿班长被揶揄了多少次，隔壁班美丽的女孩嫁人了，男同学们叹了多少气，还不够吗？一段关系设若只能建立在回忆上，而没有往前开拓的空间，你的"现在"和他的"现在"全无交集，维持下去有什么意义？这样的关系注定长久不了。

有时候，回忆里的人和事。就让它留在回忆里，不要打扰。一个人静静怀念，也是一种美好。

同学会结束，餐费AA制，你的感受是什么？或许你已经习惯了，但我无论如何习惯不了。一大桌子，甚至两大桌子，十几二十个人吃饭，一个人买单自然说不过去，但你不得不承认，AA制会伤感情，不是吗？说到底，之所以采取

AA制，还是情分不到，情分到了，自然会抢着买。试问，出去吃饭，你会和父母AA制吗？你会和兄妹AA制吗？你会和七大姑八大姨AA制吗？很显然不会。兴师动众，和一帮没什么情分的同学聚会，到底为什么？

我邻居小K，前年和同学聚会，因为身上钱不够，AA制的时候少交了二十，这两年再聚会，还有人揶揄他——真会占小便宜啊。小K说，他知道大家都是开玩笑，但玩笑话开多了，未免不伤感情。

现在，只要有人叫，小K依然会参加同学会。谈不上热情，只是习惯了，似乎同学会本就是过年的一部分，他不想搞特殊。如此而已。

我不愿意参加同学会，最根本的原因是，同学情不是"会"出来的。和世间任何一种感情一样，同学情，或者说友情，不是"会"出来的，如果有，那它本来就在，如果没有，"会"出来的也不是友情，只是酒肉情。

我有一个朋友，两年多没见了，他去了美国，隔着时差，我们很少联系，哪怕网络上的联系也很少很少，少到一年就那么一两次。但我却清楚地知道，我们的情谊永远不会变，下次当他出现在我面前，我们依然会像从前那样谈笑风生，似乎从未分开过。

真正的友情，从来不会因岁月流逝而腐坏，唯恐岁月流逝而腐坏的友情，靠每年一度的同学会勉力支撑，不要也罢。

　　日月更迭，年岁渐长，我越来越感觉到，所谓成熟，不是什么都能接受，而是勇于不接受；所谓成熟，不是越活越包容，而是越活越固执。与其把时间、金钱浪费在嘈杂的同学会上，不如多陪陪家人，或者关起门来读会儿书。至于朋友，我们总会相见，犯不着打着同学会的幌子凑热闹。

如何度过大学四年，
才不算浪费？

经常有大学生朋友，或者即将上大学的朋友发来消息问我：大学四年应该如何度过才不算浪费？我不想浪费大学生活，但又不知道该做些什么，整天不是迷茫就是瞎忙。我不想听努力啊奋斗啊一些口号式的鸡汤，就想要一些具体而切实的建议。

好吧，作为一个过来人，我索性说一说。只是个人意见，仅供参考。

1. 至少坚持一项运动

也许你喜欢跑步，也许你喜欢打球，不管你喜欢什么运动，但凡有利于身体健康的，请坚持下来，按部就班去坚持。

身体是革命的本钱，这句话不知流传了多少年，也许之前你都是听听算了，当作耳旁风，但这一次，请务必放在心上。大学四年，课程那么少，如果你都不运动，以后想运动也没多少机会了。

工作大半年后，我切身体会到运动的重要性，好身体的重要性。整日早出晚归，忙忙碌碌，如果没有过硬的身体，怎么行？而想运动，由于各种原因，总归很难实现。去健身房吧，没钱，找一宽敞地儿跑跑步吧，哪里有？大街上不可能，公园倒是可以，听说还有很多人跑，但是，在囊中羞涩的情况下，你如何保障一定能租到一处毗邻公园的房子呢？再说，纵使你不差钱，公园附近无房可租，你也没辙。也许你会说，我既不差钱，又不缺锻炼的机会，家里有现成的跑步机，小区里就有健身房，那么，你大学四年跑跑步，运动运动，也只有好处，没有坏处。

如果现在你问我，大学毕业半年多，回头想想，你怀念它吗？怀念它什么？我会说，除了师生情和恋情，我还怀念大学的操场。我真想再回去，大汗淋漓地围着它跑上一圈。

2. 早睡早起，作息规律

如今，晚睡晚起成了大学生的logo。不信你去采访一下，全国那么多大学，有几家大学的学生，晚上会在十点之前睡觉，早晨会在八点之前起床？当然，有课的时候或许会吧，而大部分没课的情况下，还不是夜里十二点都没睡，早晨睡到日上三竿？早睡早起、作息规律的人实在太少了。

换作以前，我也很讨厌别人告诉自己早睡早起之类的话，听着就烦，而现在，我开始告诉你们了，你先别忙着烦，等我往下说。熬夜真的真的特别伤身体，别的我不敢说，熬夜对皮肤不好，使人老得快，这是切身感受。尤其在大学，大家熬夜不外乎上网玩游戏、追剧，整夜整夜对着屏幕，皮肤干涩，且容易脱发。明明是一枚小鲜肉，万不可长成一张老腊肉的脸。女生更要注意了，不用我讲，你们都是护肤达人。

只要不为了应考或者赶论文，就争取早睡早起，养成一个规律的作息。都说青春年少，阳光灿烂，你整天无精打采，挂着一双熊猫眼，多对不起自己的年龄呀。都说大好青春要珍惜，那就从早睡早起做起，从珍惜自己的身体做起，不要等榨干了青春再后悔。

等你毕了业，走上工作单位，你就会明白，早睡早起多奢侈啊，求之不得。

3. 健康饮食

记得吃早餐。很多大学生因为习惯了晚睡晚起，也就习惯了不吃早餐。可是，早餐在三餐之中的重要性不容小觑，一夜没吃东西了，再不补充一下，等到中午凑一顿？久而久之，你身体不垮才怪。

夜间少吃泡面。很多同学尤其是男同学，夜里打游戏，打着打着饿了，就喜欢泡面吃。熬夜加泡面，雪上加霜。你问我饿了怎么办？早睡啊，等不及饿，你便睡了，也就没问题了。

4. 好好学习，养成自主学习的习惯

很多人上了大学就不学习了，因为他们抱着这么一种观念：反正学了也没用，能毕业就行了，找工作呢，也不一定

找本专业的。这话一听是没错，不少人都找了与本专业不符甚至南辕北辙的工作，但这不能成为你不学习的理由。

其实，学习，更多的时候并不是为了找工作，而是为了滋养你以后的人生。多学一点知识，你的人生无疑就更厚重一点，更丰富一点，你的层次就高一点。这个知识不一定有用，不一定是看得见的有用，但即使无用，它也会在无形中对你有所裨益，甚至大有裨益。

就拿我来说吧，大学读的是中文系，毕业后找了一家证券类的网站工作，看起来书都白读了，知识都白学了。其实不然。我大学养成了阅读和写作的习惯，工作之后，只要有时间，我依然保持着这个习惯。阅读是颐养身心的，它对人的一生都有利，而靠写作，我又能三不五时地赚些稿费，纵使赚不了，也是锻炼思维的一种方式。放心吧，知识没有白学的，它一定会有用。

说到学习，大学最应该做到的是，养成自主学习的习惯。从幼儿园到高中，我们适应了灌输式的教育，过多地依赖老师，一到大学，大把的时间在自己手里，一下子蒙了，不会学了，不知道从何入手了。

不知道从何入手，那就从兴趣入手。除了学好本专业课程，业余时间利用好图书馆，从自己喜欢的东西开始学，多动脑，多翻书本，多问老师，一点一滴，日积月累。相信我，四年后，你一定收获颇丰。

5. 在力所能及的前提下，多考几个证书

毫无疑问，近年来就业压力越来越大，在力所能及的前提下，建议你多考几个证书出来，说不定就成了找工作的敲门砖。

但是，需要指出的是，这个力所能及也是建立在兴趣的基础上。不要盲目去考，不要求多，自己感兴趣，又有空余时间，那就努力去考。退一步讲，即便没兴趣，至少也不能反感。不仅是大学，人生的任何一个阶段都要避免去做令自己反感的事，给自己找碴儿，永远犯不着。

6. 找份喜欢的兼职，去锻炼一下

在不影响学习的前提下，找份喜欢的兼职做一做是不错的选择。大家迟早都要步入社会、进入职场，提前体验一下自然是有利的。做兼职，可以锻炼你为人处世的能力、待人接物的能力，这是在学校很难学到的。大学相对来说是单纯

的，而社会却是复杂的，提前感受一下社会的复杂，锻炼一下自己的应变能力，好处多多。

但是，不要以赚钱为目的去兼职，不要一股脑儿找好几个兼职，说到底，这就是一种历练，搞半天，你自己栽在了钱眼儿里，多不值！赚钱不在这一时，毕了业，有的是机会。

7. 遇见心仪的对象，大胆去爱

或许，在高中的时候你还是纯情的少男少女，娇羞地暗恋一个人，不敢表白，不敢示爱，到了大学再不要这样了，遇见心仪的对象就大胆去爱。没有什么不好意思的，喜欢一个人是我们的权利，爱上一个人并没有错，即使你觉得自己很卑微，而对方高贵如女神——她可以拒绝，但被拒之前，不妨碍你追求。

之所以说这些话，是因为几乎所有的同学在毕业之后都告诉我，后悔没有在大学好好谈一场恋爱。为什么呢？因为大学的恋爱很单纯，两个人是因为相互喜欢才在一起的，而一旦毕了业、找了工作再去谈恋爱，不要说对方，就是你自己也会考虑各种很现实的问题，诸如对方的工作在不在编制呀，是哪里户口呀，有没有车子呀，依照现在的经济情况，两个人在一起了，多久才能买房呀……一点儿也不夸张，到时候你自会明白。

不要等毕了业老爸老妈在屁股后头催婚了，能解决的话，提前把自个儿的问题解决了，皆大欢喜。

8. 珍惜最后一段师生情、同窗情

大学，很有可能是你这一生最后一个学习阶段，而你大学的老师、大学的同学，都是你最后一批老师、最后一帮同学，所以，请务必珍惜你们之间的感情。

不管怎么说，比起社会，大学都是单纯的，师生之间、同学之间，彼此起点儿争执，发生些小矛盾，都不是问题，不要放在心上。讲真，等你毕了业，那些小误会、小摩擦，都会令你怀念。

大学一别，也许就是永远。有些同学，有些老师，你可能到死都不一定能再见了。虽然这是一个通信发达、交通便捷的时代，但，现实很残酷，人生啊，由不得我们掌控，它从来不是一场说走就走的

旅行。

　　以上，就是我能想到的几点。

　　也许你会问，我做到了吗？说实话，有些做到了，有些没。正因为有些没做到，所以深感惋惜，希望你能做到。是的，去过一段充实的大学生活吧，切勿虚掷青春。我在远方，为你祝福。

一本书读完，
什么都记不住怎么办?

    微信后台，有一位正读高二的学生发消息给我：一本书读完，什么都记不住怎么办?

    你是否也有这样的困惑，感觉读完一本书没有收获?似乎只有一个模模糊糊的印象，久了，甚至连这印象也没了，感觉像白读了一样?

    最近简书荐书的人越来越多了，每两天都有人列书单，但少有人指出读完一本书我们应该做些什么，以及对读书这件事应该秉持一种什么态度。那么，我索性献丑一次，以自己的切身体会来讲一讲（需要说明的是，这里所谈的读书特指文学类书籍）。

1. 养成写书评的习惯

大家在中学阶段想必写过不少书评吧，或者说读后感。但中学结束，升入大学，大学结束，步入社会，又有多少人能把这个习惯坚持下来？有多少人是读完就完、翻翻就算？长此以往，能记得住才怪。

至于应该怎么写书评，每个人都有每个人的角度。我建议不要泛泛而谈，不要试图总结全书，把书中的边边角角都写到。那样，既不切合实际，也没有多大用处。个人感觉，最好的方法还是找到一个切入点，将自己感受最深的东西写出来。一本书，它总有让你印象深刻的东西，如果没有，那就写写它为什么没有令人印象深刻，它的欠缺处在哪里。

2. 养成摘抄的习惯

在我们刚开始学写作文的时候，老师总会告诉我们，记得学会摘抄，将平时阅读文章时看到的好句子记下来，记在本子上，晨读的时候背一背。我们也觉得这是理所当然。但现在毕业了，工作了，还有多少人读完一本书，记得摘抄这回事？

摘抄下来，时时翻阅乃至诵读，不仅有利于记住一本书，更重要的是，它能够培养我们的语感。当自己提笔写作的时候，下意识就能写得流畅，遣词造句也变得游刃有余。另外，这些亮眼的句子也可以在适宜的时候引用到我们的文章中去，一来增添文采，二来使得内容更加丰富。

迄今，张爱玲《金锁记》里的某些句子、段落甚至章节，我依然可以熟记成诵，更早些的，萧红的《小城三月》、沈从文的《边城》同样记忆犹新，这都是拜摘抄所赐。

3. 读者与书要讲缘分

你既写了书评又做了摘抄，但依然感觉记不住，或许，你就要考虑这本书是否跟自己有缘分了。

读者找书，书同时也找读者。这世间的事都讲究个缘分，或者说适合。与你投契的书，你读了自然印象深刻，不投契，即使它是世界名著，你一样味同嚼蜡。读名著重要，读一本自己喜欢的名著更重要。抱着读名著的心态去找书，没问题，问题是，读不进去，不要硬读。一本书读不进去，或许缘分未到，放一放，下次也许就读进去了，又或许根本没缘分。

该记住的自然会记住，那些记不住的，或许本来就不该记住。日子久了，时间会自动筛选对你有助益的书。

4. 读书切忌功利化

读书对一个人的影响是潜移默化的，是一本本的书读下来，日积月累，才能看到效果的。不要每读完一本书就急于记住，急于有所收获。你有没有发现，当我们抱着功利的心态去做一件事时往往是做不好的，而一旦我们放下功利，以一颗平常心去对待，许多事情就迎刃而解了。

读书同样如此。把它当成一种娱乐，读书的过程即是享受的过程、收获的过程。急于量化，急于细化，急于看到每天甚至每小时的进步，既不为参加高考，又不为考取职业资格证，不是有毛病吗? 态度放端正，心情放轻松。

5. 读书贵精不贵多。

你有没有发现，一到年底，大家都在晒"我今年读了×××本书"，国家之间也忙着做比较，德国每人每年平均阅读量是×××本、美国每人每年平均阅读量是×××本，而中国每人每年平均阅读量只有×××本。似乎读书多就好，读得怎么样成了其次。

事实果真如此吗？当然不。

读书最忌讳的就是囫囵吞枣、不求甚解。记得史铁生在《病隙碎笔》中就说过："你不必非得看过多少本书，但你要看中这沉默，这黑夜，它教会你思想而不单是看书。你可以多看些书，但世上的书从未被哪一个人看完过，而看过很多书却没有思想能力的人却也不少。"

你之所以读完一本书大脑空空，很可能就是你读得太多了，读得太快了。走马观花，不要说花的品种，花的颜色你能看清吗？你一年读五百本，别人一年读五十本，感受肯定不一样啊。

不是说要少读，你可以多读，但要在读通读透的前提下多读。

6. 有些书是不需要记住的，消遣娱乐就是它的使命

什么事情都要具体问题具体分析，读书也是。

市场上有些书，它出版的目的就是供读者消遣娱乐的，就是让大家在一天的忙碌后轻松一下。很多网络小说就是这

样啊，穿越、后宫、仙侠、青春，阅读的过程中，只要你能感受到字里行间所要表达的感情就够了。合上书，它的使命就完成了。

当然，如果你不仅仅是一个读者，还是作者，并且想创作这方面的小说，那就另当别论了。

7. 读书是为了更好地生活

不要为读书而读书。你要知道，和这世上的很多事一样，读书是为了更好地生活。我们活着，归根结底是为了让生活更丰富，更美好。

如果"读完一本书，什么也记不住"这件事让你纠结、苦恼，那么，你大可不必读书了。世上可做的事情有很多，你没必要非得读书。虽然现在是一个提倡全民阅读的时代，但阅读无法给你带来快乐，你何必自讨苦吃？

与其假冒文艺青年，不如做条粗俗的真汉子。

以上，就是我暂时想到的几点体会，建议算不上，只是体会。回头看一遍，发现有些流于浅白了，我不说，想必大家也懂。但世上很多事都是这样，大道至简，贵在践行。

愿你喜欢读书，并读有所获。

女生应该
找什么样的男朋友?

女生应该找什么样的男朋友? 这问题从来就没有标准答案，然而，有些标准却是共通的，是无论在谁身上都适用的。那么，我姑且总结一下，看看你有没有找到这样的男朋友，他身上是否具备这些特点。

1. 不一定要帅，但在你眼里一定要帅。

在生活中，你是外貌协会的成员吗? 如果不，那么，在爱情里你一定要做个外貌协会的成员。找男朋友和找朋友是完全不同的两个概念，找朋友，彼此坦诚相待就好，而找男朋友，坦诚相待是其次的，看脸是第一位的。不看脸的爱情，不是爱情。

在外人看来，他不一定要帅，但在你眼里，他一定要帅。所谓各花入各眼，就是这个道理。这里的帅，也许是你们四目相对的一瞬间，你就能被他电到，也许是，你怎么看他怎么觉得舒服，陪在他身边就令你感到安心。总之，你要喜欢他的容貌，一看到他就觉得赏心悦目。

对于这点，原本我以为理所当然，无须加以说明，但是，前阵子有读者发来信息说，男朋友和自己什么都好，兴趣相投，性格相仿，对方又是贴心大暖男，很会照顾人，但自己就是不喜欢他长相，很苦恼，问我她是不是太"外协"了，要不要继续相处下去。我才意识到原来真有一部分人是困惑的。如果你也有这种困惑，那么，请不要再困惑下去，当机立断，说分手。

两个人在一起是要细水长流过日子的，如果一方的容貌令你不悦，而他日日在你眼前晃，这生活如何维系下去？你是享受爱情还是找虐呢？在一段爱情关系里，性格、兴趣、脾气等等都要排在外貌后面，这是毋庸置疑的。

或许有女生担忧，长得帅难免花心吧？在一起没有安全感。不，你要知道，**花心是心的问题，而不是外貌的问题。再丑的人，只要他有一颗蠢蠢欲动的心，就可能出去花，而**

哪怕帅到惊天地泣鬼神，只要他的心在你身上，就会是一个坐怀不乱的柳下惠。

2. 不一定要好脾气，但一定要对脾气。

找男朋友，除了一见钟脸，对脾气也很重要。你不一定要去找个好脾气的，但一定要找个对脾气的。

好脾气的人不见得好。甭管见谁都一副点头哈腰的样子，张嘴就是"可以""是的""好"，未免令人讨厌。好脾气跟好人缘没有任何关系，和人品其实也八竿子打不着。在一段爱情关系里，如果男友太过好脾气并非一件好事，你让他往东他不敢向西，你让他撵狗他不敢捉鸡，日子久了，情侣关系就会演变为主仆关系，爱情的感觉就渐渐消失了。

对脾气，也可以说是脾性相通。两个脾性相通的人不担心无话可说，你们永远有的聊。因为，对脾气的人往往也是三观相近的人，对这个世界的看法，对诸多事物的看法大多是一致的，彼此的兴趣点通常也是一致的，而有的聊，对一段爱情来说至关重要。不是有人说过吗，爱就是一起说很多很多废话。

当然，对脾气并非意味着没有争执，三观一致、兴趣相投也难免出现话不投机半句多的情况，但是，两个对脾气的人会自觉不自觉地为对方考虑，大事化小，小事化了，这一刻翻脸了，下一刻或许就上演你侬我侬、情意缠绵的场景。

你做事慢悠悠，他做事也慢悠悠，刚好凑成一对"闪电"，不要太萌哦；你喜欢快节奏高效率的生活，他也喜欢，你们就一起在人生路上披荆斩棘，奋勇前进做一对战友的滋味恐怕也不坏；你内心柔软良善，喜欢小动物，他也是，想想你们一起在路边喂养野猫的画面，是不是美爆了？

3. 不一定要诚实，但对待感情一定要诚实。

从小到大我们都被教育，一定要做个诚实的孩子。但找男友不是选拔三好学生，不是遴选道德模范，你没必要站在道德的制高点上去俯瞰。再说，诚实并不见得是褒义词，在生活中，一个诚实的耿直boy有时往往很无趣，甚至招来麻烦，惹人讨厌。

尤其在日常生活中，一个诚实的男友常常get不到女友的点，这是最致命的。譬如，你问他这个包包怎样，他只会就大小、颜色说上几句，或者抛出那句千年不变的"你喜欢就好"，而不会一脸惊喜地夸赞：哇，真漂亮！你好有眼光！

配你这身衣服超合适！譬如，你喜欢吃肉，钟意甜食，他会很不解风情地告诉你，别吃了，再吃就太胖了，而不会一副宠溺的表情对你说：吃吧吃吧，我们一起加油，吃成两头走不动的小猪。

是的，很多时候诚实就意味着不懂情调。但是，有一个不能触及的底线是，他对待感情一定要诚实。

我之所以没说忠诚而说诚实，是因为感情的事很难讲，不是说忠诚就忠诚得了的，不是说爱你一万年就真能爱那么久，但诚实是可以做到的。你对我没有感觉了就告诉我，爱就在一起，不爱便分开，而不是吃着碗里的看着锅里的，家里红旗不倒，外面彩旗飘飘。

4. 不一定要有钱，但一定要能干。

现在，有许多女生特别现实，尤其工作一段时间后，一谈恋爱就想着探探对方的家底，看看是不是本地人啊，有房吗？上班挤地铁还是开车？工作稳定吗？有没有编制？没有编制的话，自主创业开公司吗？总之，落脚点就是钱。

不是说有钱不好，有钱当然好，没有面包的爱情肯定长久不了。但是，**手底下一点钱，远不如一技傍身，敢闯敢**

干。钱重要，挣钱的能力更重要，一颗上进的心更重要，时刻追求进步和卓越的态度更重要。

纵使他是富二代，如果没有上进心，你们的钱也迟早会挥霍一空。退一步讲，就算有着几辈子都花不完的钱，跟一个昏庸度日的富二代过生活，养尊处优惯了，人生也会被毁掉的。

聊起感情，女生常常会说起一个词：安全感。要我说，钱不能带来安全感，而一个踏实能干的男朋友，却可以。

当然，如果你遇到一个腰缠万贯又踏实能干的男朋友，另当别论。

每个女生，或多或少都曾勾勒过自己未来的那个他吧？

大长腿、温暖的手掌、梦幻的眼睛，在某个春日午后，你们在校图书馆的走廊上偶遇，他羞赧一笑，你瞬间手足无措；或者，街角咖啡馆里，他一个人静静地写着不知寄给谁的明信片，望着他低头书写的样子，你突然间恍了一下神；又或者，在早高峰拥挤的地铁里，他起身为你让座，推让之间，一股成熟男子的荷尔蒙气息扑面而来，你不自觉就羞红了脸。

每个人都做过绮丽的梦，而每一场梦都要与现实交接，汇入柴米油盐。愿你早日找到一个两情相悦、心有灵犀、以诚相待、积极上进的男朋友，愿你的人生之旅，除了一只行李箱，还有他的温暖陪伴。

祝福每一个你。

在抱怨工作难找之前，
先问自己会什么

　　一天夜里十一点，又收到学妹发来的微信。大致意思是工作难找，制作了无数种简历，参加了无数场面试，依然没有单位向自己敞开大门。不看这条微信我还真忘了，是啊，又是一年毕业季，又到了血雨腥风找工作的日子。这时候，抱怨一下太正常了，学妹平素又是那种开朗活泼型的，很少有事能困扰她，所以，我象征性安慰几句，就去洗漱了。

　　洗漱完毕，拿起手机准备定闹钟，你猜怎么着？满屏都是学妹的微信，有的是文字，有的是语音，竟有二三十条。打开看了看，除了两条是咨询我面试技巧的，其余全是抱怨，什么毕业生那么多、用人单位那么少，什么用人单位歧视女生，什么找工作全靠关系、没关系只能当炮灰，等等等等，抱怨到最后甚至说，实在不行就去摆摊卖煎饼。我能怎样呢？在学校那会儿关系不错，只能硬撑着眼皮，继续安慰。

就这么一条语音来一条语音去地聊着，不觉间已近凌晨一点。明天还要不要上班？迫于无奈，我只得告诉她回头再聊，发了"晚安"过去。手机刚放下，准备整理床铺，那边就来了电话。

"你也太敷衍了吧，你那叫什么安慰？不痛不痒的。"听得出她语气颇不耐烦。

"学妹啊，我明天还要早起上班，这事回头再聊。找工作大家压力都大，也不是你一个。"我尽量柔声应对。

"你根本没把我当朋友。"声音里充斥着满满的失望和气愤，"我是来找你解决问题的啊，这工作到底怎么办呀？"

"解决问题解决问题，你自己的问题一日不解决，工作就一日没着落。"我也有点儿生气了。

"我的问题？我什么问题？"

"你问过自己会什么吗？只知道一味抱怨。"我终于按捺不住，说出了口。

"你瞧不起我？没想到你瞧不起我，枉我一直敬重你，把你当学长。"说完这句她就挂了。

我躺在床上，双目无神地望着天花板，一时，房间里静极了。尽管倦意重重，我却再也睡不着了。

　　是的，我表示无法理解现在的某些大学生了。摊上点事儿就急着抱怨，急着顾影自怜，似乎抱怨是解决之道，而不去自己身上找原因。找工作找工作，一味地找工作，像只无头苍蝇一样乱撞，也不想想自己会什么，能胜任什么，找工作能不难吗？甚至于明知自己的弱项也不主动去弥补加强，工作难道会飞过来，砸你头上？

　　这种心情谁都明白，谁不是从这个阶段走过来的，一步步，从混沌走向光明？关键是不能沉浸在这种心情里，关键是不能总是抱怨，甚至享受抱怨，享受抱怨带来的那种发泄，像享受毒品一样不能自拔。你必须清楚的是，抱怨无用，不仅无用还有副作用。既如此，那就放下抱怨，多问问自己会什么，擅长什么，在社会能够提供给你的工作岗位里，能胜任哪一些。

　　说到这里，就不得不感叹。感叹什么呢？如今的高校毕业生还真是问题多多，他们普遍存在着这么一种现象：专业不精，甚至不通。外语系的不能跟外国人交流，一旦真刀真枪地来个面对面就犯怵了；中文系的呢，文字表达能力不行，写篇小文章，十句能挑五句有语病的出来；学新闻的，连基本的新闻热情度和敏感度都没有，你让他怎么做采访？至于学马哲的，更要命，读这个专业的学生，首先就抱着混日子的态度。大学四年，男生除了网游和恋爱，女生除了逛街和恋爱，不知道大家都做了什么。

此般境况下，你抱怨找不到工作，工作还抱怨你配不上它呢。

所以，就在当下，就在这一刻，放下抱怨吧。静心想想自己会什么，擅长什么。只要你有所擅长，老天定会赏你一碗饭吃，而不至饿死街头。或许你会说，我什么都不会，什么也不擅长，那就弥补自己的"不会"，培养自己的"擅长"。行动起来，一天天，努力完善自己，强大自己，把课本读通，把专业学扎实，还怕找不到工作吗？永远记住一句话：亡羊补牢，犹未晚矣，即便面临毕业的这一刻。花半年乃至一年的时间去充电，照亮的，或许就是你一辈子。

退一步讲，即便你专业不通，即便你努力了依然专业不通，那也没关系，有些人就是不适合自己的专业，不适合，那就首先从自己的兴趣出发，寻找适合的。

近年来，网上热议安大毕业生卖猪蹄，长沙理工毕业生卖切糕，月均纯利润动辄十余万，甚至南京街头的手机"贴膜哥"，一天平均收入都有几百元，可谓实打实闯出了自己的一番天地。他们靠自己的专业了吗？没有。这样的例子可谓不胜枚举，你还怕什么呢？

去吧，年轻人，哪怕前路茫茫。

世界很大，
我偏爱微小的事物

O1

念小学那几年，每天上下学，都要独自穿越一片田地。

有一年，冬末初春时节，我正百无聊赖地走在放学路上，突然看到不远处的田埂上有一株干枯的野草。不知出于什么心理，我走过去，小心翼翼连根拔起了它，同时挖了一些泥土，双手捧着带回了家。

家里没有花园，堂屋和院墙之间有一片空地，我拿起铲子，像植树种花那般，像模像样地挖了一个坑，将这棵草种在了里面。同时，每天定时为它浇水。上学之前，放学之后，都会跑过去仔细观察，看看它变绿了没有，绿了以后究竟是什么草，又或者什么花，对于它的品种，我充满了好奇。

大约一周的时间，我怀揣着这个秘密，有一种说不出的忐忑与兴奋。就在这时，我突然生了不知名的病，课不能上了，整日无精打采的，天天往医院跑，野草的事也渐渐被抛在了脑后。

和医院打了半个多月的交道，阴暗逼仄的走廊和刺鼻的消毒药水的气味，给我留下了很深的心理阴影。最后一瓶液输完，我几乎是小跑着回家的，任凭推着自行车的妈妈在身后大声呼唤。是的，心中唯有一个信念，离开。

一口气奔到堂屋门口，气喘吁吁的同时，我眼角的余光突然捕捉到一抹绿色，就在堂屋的一角，探头探脑地，似乎在无声地和我打着招呼。

那一刻，我如梦初醒，惊叫连连，一个箭步冲过去，阳光下，满眼的绿色随风摆动，不知为何，我突然就哭了。说不出是喜悦还是难过，眼泪就是抑制不住地往下落。

那是一种藤蔓植物，田间地头随处可见，可就是这样一棵平淡无奇的植物，给了我一股初生的喜悦与感动。因为一株草，我恍然觉得整个世界似乎都美好起来。

那些年我做了许多关于绿色的梦，油亮油亮的绿，绿得盈满了整个心田。

02

我从小对燕子这种鸟情有独钟，乌黑的羽毛，剪刀似的尾巴，鸣叫着在农家的屋檐下翻飞，只需想一想那个场景就足够回味一阵子了。

三里地以外的二姨家住满了燕子，大门底下，堂屋屋檐下，甚至厕所门口的雨罩下，随处可见，加起来足有将近二十窝。春天一到，燕子归来，遮天蔽日，鸣叫不绝，坐在屋里的人只有一种感觉，那就是幸福。

是的，那是我对于"幸福"一词的最初印象。

幼时，每次去二姨家走亲戚，我都会嚷着对二姨说，我想要燕子，捉两只燕子给我带回去吧。二姨每次都笑着回答，你家没盖这种房子，捉回去，燕子也没地方搭窝。然后，我就低下头，委屈地不说话了。

二姨说得对。我家住的是瓦房，而她家是平房，平房的房檐宽阔，足够燕子搭窝，而我家的瓦房，充其量只能住两窝聒噪的麻雀。这成了我多年来的一个心结，许多次午夜梦回，我都疑心房梁上住满了燕子。可是，每次惊喜地打开灯，它们都不见了。

小学升初中那年，家里终于盖上了崭新的平房，我第一个念头就是，燕子要来了，燕子要来搭窝了。果不其然，新房盖好的第一个春天，燕子就来了。

从此以后，这窝燕子年年春天都会来，这么一来就是十八年，今年是第十九个年头了。每年春天一到，我就下意识为燕子倒计时：快来了吧？还要多久？倘若在外读书，就一定会打电话给家里，询问燕子的下落。

在燕子身上，有生以来，我第一次体会到牵挂的感觉，那种温柔与疼痛，那种曼妙和煎熬。我喜欢燕子，我喜欢燕子和人类群居的世界。

03

来京工作后，最初一段日子，我过得异常苦闷。

薪水微薄，人生地不熟，从单纯的校园生活一下子转换到复杂的职场生活，一时间我难以适应。下了班，做什么都了无生趣，整个人似乎都被什么东西榨干了，蔫蔫儿的，一脸疲态。即使周末也无心外出，好容易从图书馆借来的书，怎么都看不进去，不是躺在床上昏昏欲睡，就是趴在窗前茫然发呆。

就在这样一种状态下，某日午后，窗外小桃树下，我看到一只脏兮兮的花猫，干瘪着肚子，气息微弱地叫唤着。一时间，五味杂陈的感觉涌上心头，我拿起床头剩余的半块面包，端上一杯水就冲了出去。

这只猫不知饿了多久，半块面包眨眼就下了肚，我又返回家中拿出几块饼干，一块块喂给了它。面包、饼干吃完，水喝完，花猫开始舔我的手指，一下又一下，缓缓地，极其温柔。瞬间，我的心也跟着温柔起来。

此后，这只猫就经常造访。如果我在窗前，它就摆出一张冰山脸，一副"就知道你在等我"的傲娇样儿；如果我没在，它会叫上两声，以示提醒——嘿，老伙计，我来了。

喂食花猫的日子里，我变得越来越快乐，整个人的状态都和之前大不一样，从紧张、脆弱到松弛、柔韧，北漂原来也可以漂得怡然自得。花猫也不再是之前的花猫了，毛色整洁光亮，体态丰腴，眼看着就该减肥了。

是的，我救活了一只猫，而同时，这只猫也治愈了我。想一想，这世间的缘分多么玄妙。

04

这世界很大，每一天都有大事发生，政治的、娱乐的、社会的，桩桩件件都能激起生活的波澜。

活在这个世界上，我们不得不面对这些大事，我们的大脑日复一日地被各种新闻所填充，与此同时，我们也不得不面对自己生活中的大事，娶妻生子，升职加薪，生老病死。作为公民，一天又一天，我们行使着自己的权利，履行着自己的义务，为国，也为家。

或许正因如此，我偏爱微小的事物。

我偏爱褪去公民身份、回归自然人的那个自己。我珍视作为一个生命体的自己与另一个生命体的相遇，也许它微小到只是一只鸟，一株草，甚至河边缓缓爬行的一只蚂蚁。这样的相遇，丰盈了我的生命，润泽了我的生命，让我面对这个坚硬的世界时，学会柔软地活着。

是这些微小的事物，让这个大大的世界平添一股诗情和暖意，让每一个行走在这世上的人，孤单却不孤独。

后记

做你想做的事，
成为你想成为的人

一、

六月即将结束的时候，我完成了这本书的写作。

这是我人生中的第一本书。

整整半年，我一个人在北京顺义的出租房里写作，有时是下班后的黄昏，有时是无眠的夜晚，有时是燕雀喈啾的周末清晨，我敲打着键盘，时而灵感泉涌，时而神思困顿，绞尽脑汁也写不出半个字。

身边有一群写作的朋友，他们不仅可以保持日更一文的频率，而且丝毫不影响稿件的质量，这让我备感压力。不要和别人比，要和过去的自己比，道理谁都懂，但活在这世上，每个人都不可避免地会受到别人的影响。

四月是我压力最大的一个月。怎么形容呢？就是突然觉得自己不会写作了，每敲出一行字，都怀疑它存在的意义，每一天似乎都在制造文字垃圾。后来，我干脆不写了，一休息就是半个月。

不记得是哪一天了，鬼使神差地，我重拾对文字的信心，开始按部就班地写起来，直到这一刻。

无数次想过写后记的心情，欢愉的、雀跃的甚至激昂的，真正到了这一刻，我突然感到一种前所未有的平静，就像风吹树梢，花绽枝头，一切水到渠成，自然而然。

人生中的许多事不都是这样吗？

二、

我自幼喜欢阅读和写作。

有一年春天，去舅舅家做客。和表哥玩耍的间隙，他突然拿出一本故事书来，带着炫耀的神色一字一句读给我听。

当时我还没上学，斗大的字不识一箩筐，但立即被书中神奇的世界打动了，心下第一个念头就是要占有它。

于是，趁表哥不备，临走时，我偷偷将那本书藏在了妈妈的手提包里。就这样，我拥有了自己人生中的第一本书，在尚未识字的年纪，是它开启了我阅读的欲望。毕竟是偷来的，不能轻易示人，我将之藏了又藏，藏到后来连自己也找不到了。

多年后，当我再次向表哥提及此事，请求他的宽谅时，他呵呵一笑说，早就不记得了。我也不记得了，隔着漫长的岁月，书中的人物和情节早就消散殆尽，但美妙的阅读体验依然清晰如昨。

小学三年级时，村子里一起玩耍的伙伴开始分起了帮派，其中有个首领，我向来十分仰慕。自帮派分开后的第一天起我就想加入他的队伍，奈何自己一向人微言轻，做惯了不起眼的小喽啰，对方一直未曾把我放在心上。

怎么办呢？我写了一封信，足有好几百字，不像入党申请书那般郑重，但言辞诚恳，情真意切，像挽回一位即将失去的恋人一样。写到后来，我甚至掉了眼泪。这封信几经辗转，终于到了他手里，我顺利被"收编"了。那一刻我大喜过望，充分感受到了文字的力量。

　　时光荏苒，白驹过隙，转眼就是许多年过去了。如今他娶妻生子，在老家一个工艺品厂上班，过着三班倒的生活，为一家人的生计日夜奔波。而我，研究生毕业，在北京找了一份工作。每一次过年回去，但凡看到他，心底总会无端生出一丝温柔。

　　是的，文字是有魔力的，搭建得好，它就成了两颗心之间的鹊桥。

三、

　　读初中以后，隔壁班有个女孩子，几乎每写一篇文章都会在校刊上发表。市里的中学生杂志上也常常能看到她的影子，甚至有一期，杂志社还为她做了专访。照片上的她笑靥如花，气质温雅，谈及对写作的感受，她引用了叶文玲的一句话：真正能够打动人心的东西，应该是自己呕心沥血的创造。

　　她是我人生中的第一个偶像。是的，当同龄的少年听着流行乐看着偶像剧，将明星海报贴满房间的时候，她成了我心中的明星，一个生活在身边的写作者，平凡而又神圣。

我想成为另一个她，但每每投出的稿件，总是石沉大海，颗粒无收。

后来，我和她读了不同的高中，再没见过面。再后来，就是十多年过去了，听说她嫁到了镇子上，已经是两个孩子的妈妈，过起了"岁月静好，现世安稳"的生活。

如果有机会，我多想告诉她，你知道吗？曾经有一个我喜欢过你的文字。我多想问问她，多年前的文学梦，你还在坚持吗？

我的高中时代，是和《萌芽》杂志紧紧联系在一起的。

那几年，学习之外最大的乐趣就是和几个要好的朋友传阅这份杂志。毕竟还是中学生，零用钱有限，不能做到人手一本，新杂志一到，我们就轮流买。一本杂志经过几个人的翻阅，到最后往往落满了杂沓的手指印，那种感觉，迄今想来依然心生温存。

阅读《萌芽》的日子里，我写了许多伤春悲秋的文字，完全自娱自乐式的，写完就丢进书桌里，戏称"抽屉文学"。如今看来，它们矫情、酸腐、不知所云，但不得不承认，也在潜移默化中培养了我的语感，锻炼了我的表达能力。

阅读《萌芽》的过程是惊喜的，因为很久才能轮到自己；购买《萌芽》的过程同样也值得惊喜，因为整个县城不过四五家报刊亭，而每家报刊亭只有寥寥几本，一旦错过日子就买不到了。

我清晰地记得高三那年的夏天，考前最后一次去买《萌芽》，跑遍了整个县城都没有买到一本，我沮丧极了，一个人在报刊亭旁默默站了许久。当我准备返校时，天又忽然落起雨来，阴云密布，狂风大作，一副末日来临的样子。不知为何，行走在风雨中的我突然觉得青春再也回不去了，所有阳光灿烂的日子，似乎都随这场雨水流逝了。整个世界，充斥的都是离别的味道。

四、

大学期间，我读了许多文学书。

我的大学毗邻省图书馆，两者之间的距离徒步也不过十几分钟。可以说，几乎所有的业余时间我都花在了读书和借书上。每一次去借书，我的心情都无比雀跃，行走在去往图书馆的路上，就像一个孩童行走在乡间的田埂上，满脑子都是对未知世界的幻想。而每一次借书归来，沉甸甸的书包，似乎把整个世界都装在了里面。

就是在那个时期，我开始真正接触世界名著。《月亮和六便士》《麦田里的守望者》《霍乱时期的爱情》……一本本读下来，读得越多，越感觉自己浅薄，现实越苍白，越想沉入那个绮丽的世界。与此同时，我也开始读苏童、余华、王安忆，读张爱玲、萧红、郁达夫，读村上春树、青山七惠，它们陪伴并滋养了我一个个孤独的日子。

后来，我开始发表文章，陆陆续续地就有豆腐块出现在大大小小的报刊上。有短篇小说、随笔、书评，也有诗歌。我记得自己发表的第一篇文章，得了一百一十二元的稿费，我紧紧攥着杂志社寄来的汇款单，排在邮局长长的队伍里，既想快点儿兑换成钞票，又想永远留在手中。

去年六月份我毕业了，成为了一个别人眼中的北漂。

空闲下来的日子，不知不觉中又开始了写作。我创建了自己的公众号，每两三天更一篇文，同时，再把文章发在微博和简书上。

写着写着，就开始有一些文章在人民日报、思想聚焦、十点读书、青年文摘、意林、清华南都等账号转载，与此同时，我也拥有了自己的第一批读者，虽然不多，但他们都很诚恳，很天真，很有爱。微博私信和公众号后台经常能收到他们的留言，一面诉说着生活中的小烦恼，一面表达着对我文字的爱。

随后，因缘际会中，我签下了自己的第一份出版合同。

五、

说了那么多，无非是想表达，人生苦短，去做你想做的事，成为你想成为的人。

你知道吗？很多时候你之所以没有成功，是因为你不想成功。你成功的欲念不够强烈，所以失败才成了人生常态，平庸才成了人生常态。问问自己，你一天当中最想做什么，哪一个排在最前面，那个最想做的事，才会成就你。

苏童在一次讲座中说过，你想成为作家，就一定能成为作家，就怕你不想，就怕你不够坚持。

我还不是一个作家，但值得欣慰的是，我正走在成为一个作家的路上。

你呢，你想成为什么人？你上路了吗？

这是我的第一本书。

我自知文字尚稚嫩，内容尚浅薄，在许多人眼中或许不值一提，但路还长，热情还在，怕什么呢？

　　感谢途经我生命的每一个人。

　　我们也许相爱过，也许伤害过，不管相爱或伤害，那些一起走过的日子，都成了生命中不复再来的唯一，成了岁月深处永远的珍藏。

　　感谢你，因为遇见过一个个你，所以我才成了今天的我。

2016. 6. 29凌晨2点20分